长篇报告文学

# 太阳每天都是新的

## ——黄永腾的故事

王布衣◎著

广西教育出版社
南宁

**图书在版编目（CIP）数据**

太阳每天都是新的：黄永腾的故事 / 王布衣著. —— 南宁：广西教育出版社，2019.1

ISBN 978-7-5435-8597-3

Ⅰ.①太…　Ⅱ.①王…　Ⅲ.①报告文学—中国—当代　Ⅳ.①I25

中国版本图书馆 CIP 数据核字(2018)第 275508 号

---

总 策 划：陆思成　吴春霞
策划编辑：韦胜辉
责任编辑：韦胜辉　李　杨
助理编辑：张巧慧
封面设计：李彦媛
版式设计：汪　娟
责任校对：谢桂清
责任技编：蒋　媛

---

出 版 人：石立民
出版发行：广西教育出版社
地　　址：广西南宁市鲤湾路 8 号　邮政编码：530022
电　　话：0771-5865797
本社网址：http://www.gxeph.com
电子信箱：gxeph@vip.163.com
印　　刷：广西昭泰子隆彩印有限责任公司
开　　本：787mm×1092mm　1/16
印　　张：15　插页 8
字　　数：236 千字
版　　次：2019 年 1 月第 1 版
印　　次：2019 年 1 月第 1 次印刷
书　　号：ISBN 978-7-5435-8597-3
定　　价：30.00 元

1

2

3

1. 黄永腾的“家庭图书室”

2. 黄永腾带领学生开展“六五”计划宣传活动

3. 黄永腾带领少先队员慰问敬老院老人

| 1 | 2 |
| --- | --- |
| 3 | |

1. 1985 年，黄永腾获“全国先进儿童少年工作者”荣誉，在北京举行的表彰会上接受西藏代表赠送哈达

2. 黄永腾组织少先队员为边防军进行捐献

3. 黄永腾带领学生慰问边防军

| | |
|---|---|
| 1 | 2 |
| 3 | |

1. 黄永腾与学生龙玉宝交流

2. 黄永腾到学生家家访

3. 黄永腾跟少先队员谈心

1
2
3

1. 黄永腾向那垌乡板蒙小学赠送少先队队旗

2. 黄永腾教师生们制作国旗

3. 黄永腾到没有升旗台的教学点开展“挂国旗”活动

1

2

3

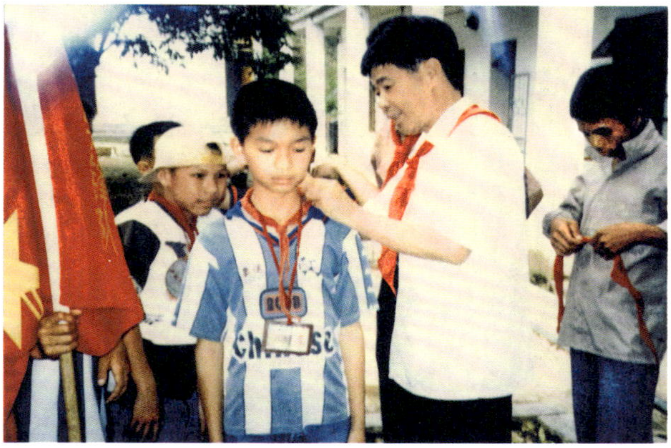

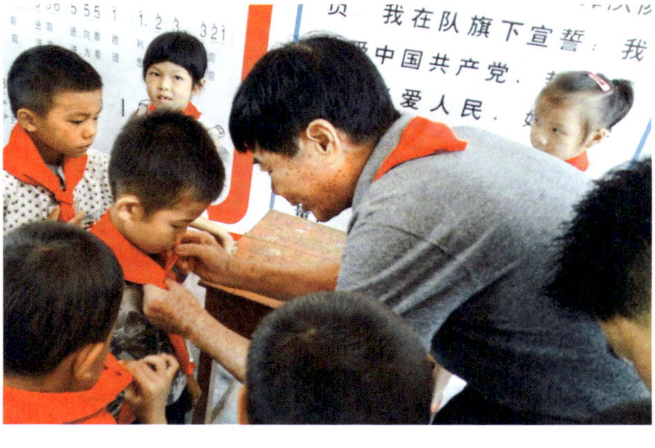


1. 黄永腾向少先队员讲解红领巾的佩戴方法
2. 黄永腾教少先队员佩戴红领巾
3. 黄永腾为少先队员佩戴红领巾

1

2

1. 黄永腾带领护碑队员开展护界碑活动

2. 护碑队员听边防军叔叔讲界碑故事

1

2

1. 黄永腾组织护碑队员与边防军一起巡界碑

2. 黄永腾指导护碑队员开展“红领巾心向党”活动

1

2

3

1. 黄永腾教护碑队员制作竹梆

2. 黄永腾带领学生制作火箭模型

3. 黄永腾辅导少先队员编辑墙报

1

2

1. 学生把信投入“解烦恼信箱”

2. 黄永腾在课间与学生谈心，解学生烦恼

1
2
3

1. 黄永腾组织学生开展"家教我们也来说学生交流会"
2. 黄永腾讲述家教小故事
3. 黄永腾为"教子有方"家长颁奖

1

2

1. 黄永腾在于那良镇中心小学举行的少先队辅导员培训班上讲课

2. 黄永腾在广西隆安县少先队志愿辅导员岗前培训开班典礼上讲课

1

2

3

1. 黄永腾参加那钦小学梦想成真室开室仪式
2. 黄永腾和留守儿童互动交流
3. 黄永腾策划开展“学学玩玩快乐”玩具大比拼活动

1

2

3

1. 黄永腾的部分工作日记

2. 黄永腾工作日记封面

3. 黄永腾工作日记里的“秘密”

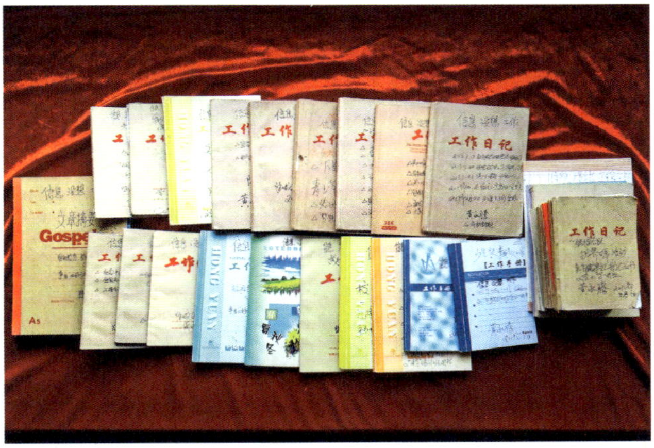


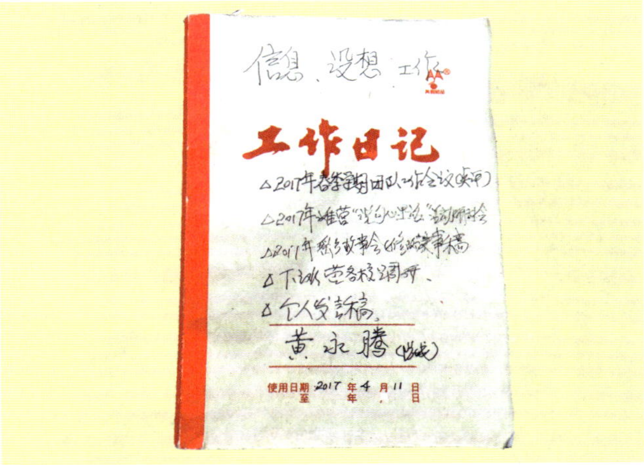


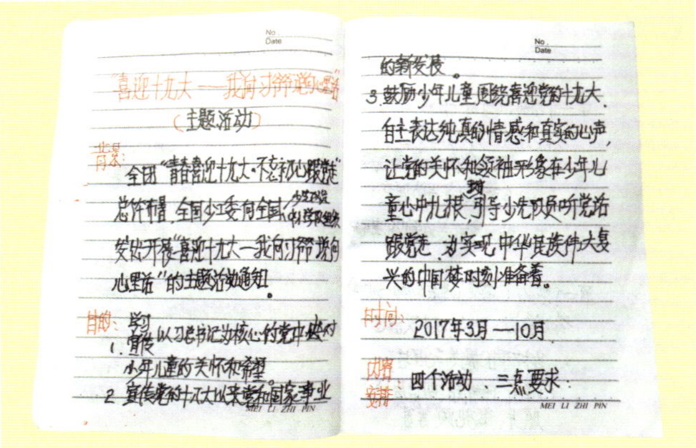

黄永腾在伏案设计少先队活动方案

愿阳光打在你的脸上

照进你的心房

——题记

# 前言

黄永腾是广西壮族自治区防城港市防城区的一名退休教师。1955年他从钦州师范学校（今为北部湾大学）毕业后，志愿到当时“老、少、边、山、穷”的钦州市防城县（今防城港市）山村当一名小学教师。1999年退休后，他又“退而不休”，继续回到他热爱的教育工作岗位上，担任防城港市少先队工作总顾问，义务为38所学校做志愿辅导员，为教育未成年人工作倾注了全部的精力，家长们亲切地称他“孩子王”，学生们称他“黄爷爷”。他曾获全国先进儿童少年工作者、全国中小学德育先进工作者、全国一级“星星火炬”奖章、全国少先队工作突出贡献者、全国关心下一代工作先进个人等荣誉。

黄永腾60多年如一日献身教育事业，始终奋斗在边境地区青少年思想道德建设和爱国主义教育工作的最前沿。这些年，他创造性地设计出了600多个主题活动，其中86个获全国各种奖励。仅在退休之后，黄永腾就开创了教育活动创新设计六个“第一”：第一个设计“传承中华文化——魅力之窗”，第一个设计“爱国主义教育活动——红领巾护界碑”，第一个设计“心理健康教育——解烦恼室”，第一个设计“家庭教育实践体验——三支队伍家教”，第一个设计“中国梦体验实践阵地——梦想成真室”，第一个设计“快乐教育——学玩箱、学玩乐”。这些创新活动，在孩子们的心中种下了爱党爱国爱家乡的种子，为孩子们营造了快乐的童年时光，让孩子们敢于追寻梦想。

这60多年里，黄永腾有苦也有乐，有喜也有忧。概括起来，可以用“一、二、三、四、五”来讲清楚。

一、坚守60多年的一个承诺

1955年黄永腾从钦州师范学校毕业时，他对组织承诺：到祖国最需要的地方去，在边境当一辈子教师。这个承诺，在过去的60多年里，他从来没有忘记，并且身体力行。这期间，他有机会转行，有机会调离，有其他单位承诺给他更优厚的待遇、更大的权力。但是，他都一一谢绝，他始终舍不得离开边境到条件好的地方去干别的。

为什么？因为在他最困难的时候，国家给了他助学金，让他有机会读书；因为党的教育培养，让他爱上了教师这一职业。

二、干得最如愿的两项工作

60多年里，黄永腾最爱干的工作是很多人嫌麻烦、不愿干的少先队辅导员和班主任工作。有人认为他干这两项工作是“自讨苦吃”。

黄永腾却觉得，他干这两项工作可以“从中找到快乐”，他有更多机会接近少年儿童，从而能更深入地了解少年儿童，能更好地去教育引导少年儿童健康成长。

即使后来当了学校领导，他还一直兼任少先队辅导员。退休之后，他先后为38所基层学校当志愿辅导员。

三、在三所学校工作都有收获

60多年来，黄永腾先后在那垌小学（今为那垌乡中心小学）、那良小学（今为那良镇中心小学）、防城二小（今为防城镇第二小学）这三所学校任教。不管在哪一所学校工作，他都为学校教育工作劳心劳力。在每所学校的不同经历，让他拥有不同的收获。

20世纪50年代，在条件十分艰苦的那垌小学工作，让他的意志得到磨炼。

20世纪六七十年代，在那良小学经历了“文化大革命”，让他学会了忍耐。

20世纪八九十年代，在防城二小工作，在改革开放的好时代，让他体验到了创新的快乐。

四、“四刀不倒”，幸运降临

黄永腾先后做过四次不同的手术：因声带长期损伤，做了声带息肉手术；因在学校排除安全隐患时被钢筋刺伤鼻子，做了鼻中隔黏膜摘除手术；因直肠增生，做了直肠切除手术；最严重的一次手术是做恶性细胞肿瘤切除手术，这次手术让他更深刻地认识到健康的身体对工作是多么的重要。

做了四次手术，特别是做恶性细胞肿瘤切除手术后，他仍然忙碌不止，同事们都说他“四刀不倒”。其实，每一次手术都给他带来很大的损伤。现在，周期性偏头痛、腿部习惯性抽筋、耳鸣等病痛时常侵扰着他。

幸运的是，他没让自己倒下，他还想为教育事业多做点事，他用乐观的态度一直坚持着。

五、“五老”[注]是新的开始

退休后，黄永腾到他的工作启蒙之地那良镇自荐当“五老”，后来又参加防城区关心下一代工作委员会的工作。在当“五老”时，因受到几位德高望重的老领导无私奉献、吃苦耐劳、实事求是精神的感染和熏陶，他有了一种全新的认识：当“五老”，是他人生的一个新开始，他必须要努力。

黄永腾退休后，因兼职多，常常忙不过来。今天要下基层，明天要开讲座；这个要求帮忙创建品牌，那个要求帮忙设计或修改活动方案。他经常不分白天黑夜地忙碌。

退休的同事见黄永腾退休后比在职时还要忙，很不理解：“你都退休了，奖牌满身，还那么拼命，这是为什么？”

黄永腾说："为了高兴！我已经习惯和学生在一起了，只有和学生在一起我才快乐。看到他们健康快乐地成长，我就觉得很欣慰、很踏实。我想永远做一个快乐的'孩子王'，我会尽力当好'五老'。"

（注："五老"是指老干部、老战士、老专家、老教师、老模范。这是一支素质高、覆盖面广的未成年人思想道德建设队伍，是培养教育未成年人的重要社会资源，由各级关心下一代工作委员会领导。黄永腾属于"五老"中的老教师。）

2018年10月

# 致小读者（代序）

亲爱的小读者：

你们好！

我知道你们喜欢什么样的老师，因为我曾教过小学，也教过中学。长期与孩子们打交道，我当然知道你们喜欢什么样的老师。今天你们读到的《太阳每天都是新的——黄永腾的故事》中的黄永腾老师，是否是你们心仪已久的老师呢？倘若你们喜欢黄永腾老师，可将此书推荐给你的同学、老师和家长。我们期盼你们在成长的道路上能遇到更多像黄永腾一样的老师。

《太阳每天都是新的——黄永腾的故事》是一部报告文学作品。走进图书馆或书店，当下的少儿文学作品琳琅满目、美不胜收，其中有数不清的童话、寓言、民间故事、名人故事、历史典故、科普作品、科幻作品、儿童故事、少儿小说……独独报告文学作品不是那么丰富，甚至小读者们很难找到适合自己阅读的报告文学作品。回顾当代报告文学史，关于少儿的报告文学虽然不多，但也不是没有，像关于刘文学的《英雄少年刘文学》《刘文学的故事》，像关于草原小姐妹龙梅与玉荣的《草原小姐妹》，像关于赖宁的《英雄少年赖宁》《小英雄赖宁》等，这些作品也曾风靡一时。但那都是写少年英雄的，让少儿学习与自己同龄的榜样，是为少儿写少儿的作品。亦有虽是写少年儿童，却是写给成年人看的作品，如《中国的“小皇帝”》《少男少女的隐秘世界》等。作为写成人的事迹给少年儿童看的报告文学，王布衣的《太阳每天都是新的——黄永腾的故事》是一种新的尝试，如果小读者们愿意读、愿意看，王布衣的这一尝试就是成功的。

这一尝试的全新意义在于探索如何向少年儿童展示成人的世界。成人的世界对于少年儿童来说是神奇的、神秘的，抑或是令他们难以理解的。我们应如何向少年儿童正确地打开成人世界的大门，让少年儿童看到一个正面的、积极向上的成人世界，这是作家们应给予重视的社会责任。

小读者们对报告文学这一文体可能比较陌生，报告文学的最新定义是：

报告文学是一种有担当的文体，它必须倾注忧患意识与使命感，及时、准确、生动地报告真实的现实生活。它是具有新闻性、正义性、审美性的独立文体，凭借各种传媒手段，发出时代的先声，引领读者在社会中前行。

也就是说，本书所写的黄永腾老师的故事是真实的、可信的，绝不是作者随意编造的。黄永腾老师的事迹是真实感人的、可歌可泣的。他离不开孩子们，离不开教育。他四次手术后病痛缠身，却“退而不休”，工作不止。

在他的辅导下，孩子们获得了“全国少先队创建特色中队”活动一等奖。

他带领孩子们成立护碑小分队保护界碑，开展了“界碑在我心中”等系列活动，增强了孩子们的爱国意识。

他成立“解烦恼室”，挂起“解烦恼信箱”，使孩子们快乐成长，此事被刊登在广西壮族自治区关心下一代工作委员会主办的刊物《成长》，向全国中小学推广。

他关心、教育、帮助残疾少年龙玉宝，最终使她获得了“全国自强不息好少年”荣誉称号。

他为留守儿童创办的梦想成真室，受到《光明日报》《中国少年报》《中国妇女报》等多家媒体的关注并加以报道。

他的关爱留守儿童活动方案“让梦从这里升起”被选为全国“双有”活动优秀案例。

他先后设计创新活动 600 多个，其中 86 个获全国各种奖励，并创出了教育活动创新设计六个“第一”。

他受到了习近平等党和国家领导人的接见，他是新时代教育战线的楷模。

该书给少年儿童朋友树立了身边真实而亲切的未来人生榜样。小读者们，你们想向黄永腾老师学习吗？你们也会有精彩的人生！

当然，报告文学涉及的问题一般比较广、比较深，小读者们在阅读过程中可能会产生困惑：黄永腾老师有工资为什么还吃不饱饭？黄永腾老师这么好，为什么迟迟不结婚？家庭成分是什么？家庭出身有那么重要吗？黄永腾老师为什么退而不休，矢志于少先队辅导员的工作……这些问题都可以请教你们的老师和家长，他们会给你们答案，你们会对社会、对历史有更深刻、更全面的认识。

祝：

小读者们百尺竿头，更进一步！

全国报告文学理论研究会执行副会长　张立国

2018年10月

# 目录

## 上编 朝阳

## 中编　骄阳

# 下编　夕阳

# 上编 / 朝阳

朝阳

撞开深蓝色的天幕

从东方喷薄而出

大地豁然开朗

霞光万道

欢笑着向人们打招呼

# 家乡

山歌好唱难起头，
木匠难起八角楼。
瓦匠难烧琉璃瓦，
铁匠难打钓鱼钩。

我们来讲黄永腾的故事，从哪说起呢?

跟世上所有的老人一样，黄永腾也是从童年到少年，从少年到青壮年，从青壮年到老年，这么一路走过来的。我们按照成长的轨迹，来讲述黄永腾的故事。

让我们先从黄永腾的家乡说起吧。

黄永腾的家乡大直镇在广西的十万大山脚下。这里，海拔 500 米以上的山峰就有 19 座，主峰大龙山海拔 994.5 米，是钦州的第一高峰。

中越边境东段的界河北仑河，从十万大山出发，一路奔流向东南，全长 109 千米，其中下游 60 千米构成了中国和越南两国的边界线。

北仑河经历过边境的烽火岁月，也见证过大大小小的历史事件。

发源于崇山峻岭的北仑河，蜿蜒曲折，一路汇集伙伴，由山谷中的涓涓细流，逐渐发展壮大，在中国的东兴和越南的芒街之间流入北部湾，融入大海。

打开地图，可以看到广西弧形的臂弯里，有一片湛蓝的海域，它就是北部湾。

十万大山中，景致最为奇幻的要数王岗山。王岗山山峦起伏，山高坡陡，峰奇壁峭，山势险峻，怪石嶙峋，有的像青面獠牙的猛兽，有的像张着大口的老虎。这里，森林密布，郁郁葱葱，云缠雾绕，云涌山浮。

1939 年 8 月，黄永腾出生在十万大山脚下料连村（今钦州市黄屋屯镇料连村）一个富农的家庭。

呱呱坠地的小永腾不会想到，自己一出生就面临战火、面临逃亡。

小永腾更不会想到，富农这个家庭出身，与他后来的人生道路会发生怎样的联系，未来会有怎样的命运在等待着他。

1939 年 11 月 15 日，台风袭击了钦州湾，闪电像狂舞的鞭子不断地抽打着大地，炸雷爆响，暴雨如注。狂风折断了椰树，天黑沉沉的，看不见对面的人影。

天灾人祸，祸不单行。

台风袭击的同时，狡诈的日军也趁机对钦州湾发起猛攻。海上的 70 多艘舰船朝着海滩阵地，进行了一阵密集的炮火轰击，掩护 100 多艘汽艇和橡皮艇上的日军，从钦州湾强行登陆。

侵略者的铁蹄践踏了钦州，他们烧杀抢掠，无恶不作。

国家贫弱，战火连绵，民不聊生。

老百姓只得逃命，民间叫作“跑日本”、“躲日本”或“走日本”。

父母带着一家老小，背着包袱，挑着箩筐，一头装着小永腾，一头装着干粮，躲进深山老林里。

逃难中，小永腾得了疥疮，脓和衣服粘起来，臭不可闻。

小永腾四岁的时候，母亲就病亡了。

幼年丧母，是人生一大不幸。

母亲跟故乡一样，在他的记忆中日渐模糊了。有时想起再也见不到母亲了，小永腾的眼泪就不住地淌了下来……

故乡的山，像温馨的摇篮，养育着一代又一代农家儿女；故乡的水，像甘甜的乳汁，滋润着一户又一户山里人家。

小永腾就在这样的摇篮里，喝着甘甜的乳汁渐渐长大，一步一步走出家乡，走向远方。

他依稀记得童年时，村庄旁边有个池塘，池塘水面上经常游着鸭子和鹅，它们嘎嘎叫着，一副怡然自得的样子。

村头有一条小河，河水清澈，在阳光的照耀下，空明透亮，清晰到可以看见河里的游鱼及河底的石头、水草。他和村里的小伙伴们，或大热天光着屁股在小河里游泳，或拿着薄薄的石块打水漂，或在河里摸螺蛳、捉小鱼。

傍晚时分，他们常常在村旁的树林里捉迷藏。

有时他们贪玩，天快黑了还没有回家，大人们就呼唤着自家孩子的名字，叫他们回家。

那种童趣，那种温馨的场景，令人久久难忘，不禁一遍遍怀想。

他记得家乡的村外，有一片绿色的芭蕉林，有梦幻般的金茶花，还有桐油树林，桐油树上结满了熟透的桐油果。

在桐油树林旁，有两条溪流汇集，溪流在石头的阻挡下激起层层浪花，唱着欢快的歌。溪流中的石头，质地细腻，错落有致，像音符随节奏起伏，有的呈蜡黄色，有的呈黝黑色，有的呈青玉色，色彩斑斓，好看极了。

他记得壮观的大龙口瀑布，高山之水勇敢地跳下悬崖，直捣顽石，绽珠溅玉，在阳光的照射下，现出半圆的彩虹。

家乡山水之美，美在和谐。山之壮与水之媚，山之刚与水之柔，山之静与水之动，山之仰与水之俯，山之野与水之文，正是和谐的结晶体。

故乡的每一座山峰，都述说着动人的故事；故乡的每一条河流，都流淌着美丽的传说。

小孩子喜欢听老人们讲故事。这些故事，有一种乡土气息，有一种民间智慧，更有鲜明的道德指向。

老人们说，王岗山是一座英雄的山，一座光荣的山，也是一座丰碑。它在中国近代史上，曾经历过血与火的洗礼，上演过威武悲壮的连台大戏。

1907年，“三那”（那彭、那思、那丽）反糖捐起义烈火燃遍了钦防地区，孙中山先生顺势而为，派黄兴、王和顺等革命党人前去帮助当地民众组织反糖捐活动。同年9月1日，王和顺率领“三那”反糖捐武装300多人在王岗山起义，次日，挥师南下袭取防城。黄兴也带领一批革命党人策应王和顺，由越南芒街入境，乘夜直捣防城。9月5日，起义军占领了防城，发布文告，号召人们推翻腐朽残暴的清政府，建立民主制共和国……不久，朝廷急调桂林、柳州等地的大批军队增援防城，围剿起义军。起义军腹背受敌，坚持战斗到9月中旬，终因寡不敌众，弹尽粮绝，分别退到十万大山和越南等地，历时半个月轰轰烈烈的钦防起义失败了。

起义表面上看是失败了，但从另一个角度来看，它未尝不是成功的。它唤醒了民众的反抗意识，在神州大地播下了革命的火种。革命党人屡败屡战，清王朝在革命军的隆隆炮声中摇摇欲坠。

这里曾经是中国共产党领导的游击队战斗过的地方。小永腾目睹了共产党游击队的英勇无畏，他记得有个叫刘镇夏的游击队队长，被敌人抓住后，宁死不屈，英勇就义……

1957年拍摄的反映广西剿匪的电影《英雄虎胆》，就以王岗山为拍摄地。机智勇敢的侦察英雄曾泰，深入虎穴，冒充土匪副司令，打入土匪内部，歼灭王岗山悍匪的事迹，至今为人们所津津乐道。

时光流逝，故乡在黄永腾的记忆中变得依稀而遥远，但家乡十万大山里的那些起义英雄，那些可歌可泣的战斗故事，几十年来一直萦绕在他的耳际，像家乡的风景那样，深深地印在他心灵的底片中。

# 读书挨打

在黄永腾的童年时期，学校留给他的大多是噩梦般的记忆。

他五岁念私塾，诵读《三字经》《千字文》，还背诵“天对地，雨对风。大陆对长空。山花对海树，赤日对苍穹”（《笠翁对韵》）之类的幼儿启蒙读物。

私塾类似于学前班，穿长衫的私塾先生教识字、写字。学生们要背熟笔画顺序口诀：先上后下、先横后竖、先撇后捺、先外后内、先左后右、先中间后两边、先里头后封口。

先生授课时，手拿戒尺，时不时打得桌子啪啪作响。每一次响声，都让小永腾心惊肉跳。

先生用戒尺一边打桌子，一边告诉他们：汉字是方块字，写字须从楷书学起。楷书如站立，行书如走动，草书如奔跑，不会站哪会跑。从小要养成一丝不苟的书写习惯，不能潦草。

谁要是写了连笔字，写了潦草字，就挨先生用戒尺打手板。

私塾先生教小孩子写毛笔字的要诀是“横平竖

直，间距匀称，主次有别。点如瓜子撇如刀，横平竖直捺如扫”。

先生摇头晃脑说完了，就要求学生们背下来。要是哪个学生背错了一个字，先生便不由分说，用戒尺打这个学生的手板。

练习毛笔字的时候，先生背着手在学生身旁踱来踱去，脚步轻轻，时而停下来盯着学生写字，时而偷偷地站在某个学生的身后，查看这个学生握笔是否正确、写字是否端正。

有时，先生会在某个学生的身后冷不防地把这个学生手中的毛笔往上一抽。这个学生如果拿笔稳当，笔就抽不动；如果稍微拿不稳，抽上去的笔就把他的脸涂花了。

脸花了，先生不允许学生马上洗，要留着给同学们看，好让众人嘲笑；要留着回去给家长看，好让家长体罚。那意思就是要故意羞臊你，让你好好长记性。

小永腾由于手小拿笔不稳，脸被毛笔涂抹过。脸上一道黑墨迹，就像行窃的小偷被人捉住，脸上被打上记号。那种难受，刻骨铭心。

念了一年私塾后，小永腾长到六岁了，终于可以结束在私塾读书的日子。接着，他到了防城的一所小学读书。他记得小学的旁边有个火力发电厂，整天发出哼哼唧唧的声音，像是一群病人在呻吟，让人听着难受。

二年级的时候，他转学到大直小学，后来又转学到钦州师范学校附属小学。

上了小学，小永腾以为挨打的日子终于可以结束了，却不料读小学时被打得更惨。私塾只有一个先生教，仅是用戒尺打手板；小学却有一群先生教，除了打手板，还有花样繁多的体罚。

学生见了先生，比兔子见了老虎还要害怕。

学生背书背不出了，上课讲小话了，搞小动作了，注意力不集中了，思想开小差了，就被先生拿戒尺打手板，几乎每个学生都被打过手板。

先生叫你伸出手来，你的手不能躲避，躲避一次罚两次，躲避两次罚三次，躲避三次罚二十一次。

戒尺打手板，还算是轻的。还有的老师罚学生跪瓦片、跪菠萝皮。学生跪在菠萝皮坚硬的刺上，把膝盖都跪出了血，钻心的痛啊。

有一个姓金的教导主任，人们称他“皮鞭主任”。金主任凶得厉害，说他凶神恶煞都不为过。他手里拿着皮鞭，整天在校园里转来转去，谁敢调皮捣蛋他就用皮鞭打谁。

有时先生还向家长告状，让家长管教小孩。家长听了先生的告状，往往不问青红皂白，一顿猛打，小孩连申辩的机会都没有。

有次学校上体育课做军事游戏，先生要求学生们跑步冲上一个山坡，小学生力气不足，很多人冲了好几次都冲不上去。小永腾和几个同学只好爬上去，最后被先生发现了，挨了一顿痛打。

学生心里憋屈不敢讲，怕!

学生在学校怕被先生打，回到家里怕被家长打，整天战战兢兢，噤若寒蝉，哪有什么心思读书学习？哪能学出什么好成绩？

身上的伤容易好，可是心灵的创伤却留存下来，成为挥之不去的阴影。

后来，黄永腾长大当了老师，反思自己在民国时期这段不堪回首的读书经历，他认为，先生们讲的道理没错，对学生严格要求也没错，错的是先生们教育学生的方式。这样体罚式、恐吓式的教育，造成孩子身心的伤害，后果太严重了。他想着要改变这种教育方式，不能这样对待学生，不能这样对待孩子，绝对不能!

孩子是弱势群体，尤其需要关爱。

# 打腰鼓

1949 年 10 月 1 日，毛泽东在天安门城楼上庄严宣告中华人民共和国中央人民政府成立。

1949 年 12 月 11 日，解放军将红旗插上镇南关（今友谊关），标志广西全境解放。

那年，小永腾刚满 10 周岁。

噩梦终于结束了。噩梦醒来是早晨。

学校发下了新课本。

小学语文课本里，有一篇课文《新年》：

> 新年到了，家家挂国旗。
>
> 街上的人很多，有二人，有农民，有学生。他们一边走一边看，一边说一边笑，大家很高兴。

为了庆祝抗战胜利，为了欢迎解放军进城，为了庆祝新中国的诞生，学校老师多次组织学生上街去表演打腰鼓。小永腾是学校腰鼓队的一员。

被选入腰鼓队，小永腾和其他队员们都感到莫大的幸运。

若要问小学时光里什么活动最快乐，什么活动最难忘，黄永腾会脱口而出：打腰鼓。

当时，广播喇叭里经常播放打腰鼓和扭秧歌的歌曲：

正月里来（呀）是新春，
赶上（那）猪羊出（呀）了门，
猪呀，羊呀，送到哪里去呀？
送给（那）英勇的八（呀）路军……

教他们打腰鼓的是位女老师。因为年代久远，黄永腾已经记不得女老师的姓名了，只记得她人长得好看，眉毛像是画上去的柳叶，一笑起来眼睛眯成一条缝，脸上现出两个浅浅的酒窝。

她的嗓音甜甜的，声音里面像放了糖，她的歌声比画眉鸟的叫声还要好听。

女老师喜欢穿当时非常流行的一种布拉吉（俄语“连衣裙”的音译），走起路来裙摆在风中一摇一摆的，也是一道风景。

小永腾崇拜她，觉得这位女老师了不起。

其实女老师比他大不了多少岁，她最多十七八岁，属于姐姐辈。

练习打腰鼓的时候，几十个学生在操场上排成几行，每人腰上绑着圆形小鼓，双手拿着系上红绸的鼓槌，一边跳，一边击鼓，老师在队列前示范。刚开始练习的时候，小永腾和同学们连怎样系腰鼓都不会，好在女老师很有耐心，手把手教他们系腰鼓，给他们一个个摆正拿鼓槌的姿势。

女老师经常给他们讲故事，她似乎什么都懂。她告诉队员们，打腰鼓不简单，这既是文艺活动，也是体育活动，鼓在古代还是打仗时鼓舞士气、威慑敌人的武器。

一天，队员们列队在学校操场上练习打腰鼓的时候，女老师问：“同学们喜欢打腰鼓吗？”

“喜欢，真好玩。”

“同学们，你们知道鼓是怎么来的吗？”

“不知道啊，老师，给我们讲讲嘛。”

“好，我给你们讲一个关于鼓的来历的故事。”

女老师告诉他们：

远古时期，黄帝是华夏部落的首领，蚩尤是九黎族首领。蚩尤武艺高强，想打败黄帝，占领中原，就率兵跟黄帝交战。

一开始，黄帝的军队接二连三吃败仗。为什么呢？因为蚩尤的军队打仗时发出一种恐怖的叫声，黄帝的军队听到这种怪叫就毛骨悚然、六神无主，失去了战斗力。

黄帝心想，这样下去怎么得了？不行，得想个法子转败为胜。他想来想去，想到敌方最怕听到咚咚咚的声音。东海有一种形状像龙、吼声如雷的猛兽，名字叫夔（kuí）。于是，黄帝便将夔捉来，剥了皮，将皮蒙在一个木制的圆形框架上，起名为“鼓”。

黄帝又想到，雷泽中的雷兽常拍打自己的肚子，发出震耳的雷鸣。黄帝叫人把它捉来，从它体内抽出一根最大的骨头作为鼓槌。

黄帝将这面鼓搬到战场上，用槌一敲打，果然声如雷响，震耳欲聋。战场上顿时飞沙走石，天地变色，吓得蚩尤的军队魂飞魄散。黄帝的军队在鼓声中趁势追杀，斩了蚩尤，取得了战争的胜利。

“同学们，故事讲完了，好听吗？”

“好听，老师再给我们讲一个！”

“要练习打腰鼓了，以后有的是时间，慢慢给你们讲。这个好听的故事啊，就记载在《山海经》这本书里，等你们长大了，可以找来看，那里面有好多古代神话故事呢，还有历史、地理、医药、民族、物产等好多方面的知识。”

接着，女老师又简单地给他们介绍打腰鼓的分类，她说：“打腰鼓分为文腰鼓和武腰鼓，文腰鼓主要在南方，武腰鼓主要在北方。文腰鼓的动作幅度小，轻松活泼，难度也小一些，类似扭秧歌的风格，像广播体操一样，很方便推广和普及；武腰鼓正好相反，激烈奔放，跳跃和旋转动作多，鼓手腾跃起来，显得英武雄壮。我现在教同学们的是文腰鼓。”

队员们听了，才知道腰鼓原来这么厉害，顿时个个神气十足，铆足了劲要把腰鼓打好。

每天做完作业之后，小永腾就自己练习打腰鼓，琢磨老师教的动作，熟悉掌握要领。他想着自己加入腰鼓队不容易，如果打不好，就会拖累整个集体，笨鸟先飞，多多练习，才能跟上其他人。

几个星期过去了。一天他参加排练，女老师见他打得很熟练，不由得表扬他说：“黄永腾同学打得不错，你们要向他学习。”

听老师这么一说，顿时，腰鼓队的队员们都向他投去羡慕的目光。

一下子，小永腾稚嫩的小脸蛋红彤彤的，有些不好意思，也有些得意和自豪。他心里美滋滋的，啊，老师表扬我了！老师这么看得起我，这么关心我，我一定要做大家的榜样，打出精气神来。

打那以后，他鼓槌上的红绸子舞得更起劲了，击打腰鼓的声响更大了。

打好了鼓，女老师进一步教他们怎样转圈，怎样摇头晃脑，怎样扭腰摆胯，怎样走十字步，怎样走秧歌步。

一次练习时，有个同学脚出错了，被另一个同学踩到，摔倒在地。有的同学哈哈大笑，旁边的同学赶紧去扶他起来。

女老师皱着眉头走上前，俯下身来仔细查看这个同学的受伤情况，确认没什么大碍，才对队员们说：“有同学摔倒了，扶他起来值得表扬；有的同学还笑，这就不对了。把快乐建立在别人的痛苦上，不道德啊。记住了，以后要改！”

那几个哈哈大笑的同学，一下就收起了笑容，羞愧地低下了头。

“你们知道错了，很好！下面，我们继续练习。”女老师说。

就这样，体育课或放学之后，女老师带着他们打腰鼓。队员们越打越熟练，越打越整齐，越打越有模样，一会儿顺着打，一会儿倒着打，一会儿打鼓面，一会儿打鼓边。那鼓声听上去是那么悦耳，那么铿锵有力，那么鼓舞人心。声音和动作相互配合，队员们打腰鼓打出了许多新鲜的花样来，好听又好看。

咚咚、呱呱，咚咚、呱呱，咚咚咚，呱呱呱……鼓声敲出了新中国少年儿童心中火一般的激情。

队员们打腰鼓打上了瘾，一到练习和表演打腰鼓的时间，他们就乐得如同一群小猴子，活蹦乱跳。

女老师爱他们，下课时喜欢跟他们聊天，倾听他们的心声。聊天是最好的沟通。

平时，女老师见到谁的小手脏了，就带去洗，要求他们讲卫生、爱干净；见到谁的衣服破了，就教他们用小小针线包自己补衣服裤子。

她说："生活要节约，衣服笑烂不笑补，干净整洁就好。新三年旧三年，缝缝补补又三年。"

除了打腰鼓，她还教他们唱歌、跳舞、做游戏。在小永腾的心目中，女老师的形象甚至比校长还要高大。

在打腰鼓这类文体活动中，他们学到了许多知识，锻炼了身体，增进了师生之间、同学之间的友情，获得了集体荣誉感。腰鼓队的队员懂得了自己不再是单个的人，而是集体中的一员，一举一动都牵涉到整个集体的形象，每个人都做好了，集体才有力量。

老师说得多好啊！一滴水容易干，放入河流和大海中就有了永不枯涸的生命；一根柴火容易熄灭，放入一堆柴火中，火势就旺了。

# 一部名著

中华人民共和国成立伊始，教师奇缺。尤其是在小学，一个学校里没有几个老师，一个老师要教好几门课，叫作“包班教学”。

那位教打腰鼓的女老师，还是小永腾所在班级的语文课老师，也是这个班的体育课、音乐课、图画课老师。

这一天，女老师教他们语文课文《我爱我的红领巾》，她声情并茂地朗诵：

> 我爱我的红领巾，
> 就像爱我的生命，
> 它是红旗的一角，
> 它用先烈的鲜血染成……

当时，小永腾望着班上那些戴红领巾的同学，心中暗想：我要是成为一名光荣的少年儿童队队员，戴上红领巾，那该多好啊！

那时，中国少年先锋队还叫中国少年儿童队。

“同学们，人的一生，要争取进步。要争取进步，就得向组织靠拢，有三件很重要的事情要做。哪三件事呢？入队，入团，入党。同学们！加入少年儿童队是第一步，接着还有第二步、第三步。”女老师说。

她拿起一本书，举过头顶，说：“这本书《钢铁是怎样炼成的》，你们读过吗？”

有个调皮的学生立即回答：“老师，没有读过。炼钢铁的书，我们不想看，也看不懂。”

话音刚落，一阵哄堂大笑。

女老师也微微笑了笑，显出两个浅浅的酒窝来。

那个调皮的学生瞪着笑他的同学们，理直气壮地说：“你们笑什么，我不学炼钢怎么了？我长大了要当解放军叔叔，骑马扛枪保卫祖国！”

女教师用鼓励的目光望着他，又巡视了一会儿课堂，然后朗声说道：“我要告诉同学们，这本书不是讲炼钢铁的，是讲人怎样成长的。书的大致内容等一会儿我要给大家讲。我先问你们，长大了都想干什么？还有谁想说的？不用害羞，请举手，站起来大声说！”

一个又一个学生举手之后，被女老师点名站起来回答：

“我长大了要当科学家。”

“我长大了要当工程师。”

“我长大了要当医生。”

“我长大了要当鲁班。”

“我想当飞行员，开飞机飞到天上去。”

“我想当海员，坐大轮船周游世界。”

“我想当电影院的放映员，天天看电影。”

“我要当英雄。”

“我要当劳动模范。”

……

这时，座位上的同学们也在七嘴八舌开小会，越说越热闹，叽叽喳喳，像一群小麻雀。

有梦比没有梦好。孩子们都很珍惜自己的梦想。

孩子们玫瑰色的梦想，发出金属般清脆的声音，敲击着小永腾的心。

小永腾也有梦想，但他没有发言。他想做李四光那样的地质学家，走遍祖国的大好河山；或者做个演奏家，拉二胡、吹笛子给大家听；也想做个歌唱家，唱出好听的歌来；当然，最想做个音乐家，懂得吹拉弹唱，还能写出好听的歌曲，让大家来唱。

听完了学生们的发言，女老师点点头，说："从小有理想、有志向，努力学习奋斗，长大才有本领去建设祖国、保卫祖国。你们还可以当工人，当农民，当老师，当技师。三百六十行，行行出状元。无论你们将来从事什么职业，只要勇敢坚强，就可能成为优秀模范人物。苏联作家高尔基说过，最受人尊敬的就是那些爱劳动而且会劳动的人。世界上最美好的东西，都是由劳动创造出来的。劳动是世界上一切欢乐和一切美好事情的源泉。发言的同学想法都很好，大家鼓掌！"

女老师带头鼓掌，学生们也使劲地"啪啪啪"拍着小手呼应起来。

一时间，似乎所有的理想就在眼前实现。

"同学们，你们想过没有，我们怎样去实现自己的理想呢？打个比方说，我们的理想是河的对岸，我们现在站在河的这一边，与理想还隔着一条大河。这条大河，有激流，有旋涡，有险滩，还有风浪，河水又深，根本不可能游过去。我们要过到对岸去，怎么办呢？哪个同学能够回答？请举手。"女老师问道。

小永腾举起了小手。

"黄永腾请回答。"女老师说。

小永腾站起来答道："架桥。"

"对，架桥！请坐下。我们到达对岸，要架桥，这座桥就是行动，实现理想靠行动。那么，怎样行动呢？答案就在这本书里。"女老师说。

紧接着，女老师双手捧起那本《钢铁是怎样炼成的》，说："这是一部世界名著，是苏联作家奥斯特洛夫斯基根据亲身经历写成的，请同学们利用课外时间好好阅读。你们已经是高年级学生，能够读得懂了。”

女老师说，这本书是作者在全身瘫痪、双目失明后，在几乎绝望的情况下，克服了常人难以想象的种种困难写成的。这本书她读了好几遍，每读一遍，心就被震动一遍。读了这本书，会懂得怎样去学习，怎样去生活，怎样去工作，怎样去面对困难。

这本书被改编成电影和舞台剧，被翻译成多国文字，超越了国界，超越了时空，产生了世界性影响。

女老师翻开书页，说：“特别是主人公保尔·柯察金的一段关于人生的名言，你们最好能够把它当作课文一样背下来。”

“老师，您能背下来吗？”有学生问道。

“可以。”女老师张口就来，语调深沉，“人最宝贵的是生命。生命对每个人只有一次。人的一生应该这样度过：当他回首往事时，不因虚度年华而悔恨，也不因碌碌无为而羞愧……”

小永腾从未听过这样的话，他被话语中所蕴含的力量深深打动，觉得这其中充满了对生命、对事业的敬畏之情，听起来很热烈，又很纯净。

这段名言，是许多有志向、有理想、有抱负的青少年的座右铭。对于那一代人来说，几乎个个耳熟能详。

时隔多年，黄永腾至今依然能够完整地背诵出这段名言。正是这段名言，在后来的艰难岁月中，给予他克服困难的勇气和力量。

这段名言，已经渗入他的血液，融入他的骨髓，塑造了他的灵魂。

女老师背诵完毕，问：“同学们，你们知道书名的真正含义了吗？这个钢铁，象征着意志、信念，象征着英雄。好钢是在烈火里炼成的，英雄是在艰苦斗争中成长起来的。”

说罢，她又拿起红领巾，说：“我们今天学习课文《我爱我的红领巾》，红领巾是红旗的一角，它用先烈的鲜血染成，象征着正义、光荣和勇敢。希望同学们早日加入少年儿童队。”

# 戴上红领巾

读完《钢铁是怎样炼成的》这本书后，小永腾总是在想，我长大了要像保尔·柯察金那样，坚强勇敢，当英雄。他认为，加入少年儿童队是成为英雄的第一步。

入队的愿望越来越急切和强烈了。

他学习很努力，成绩在班上一直排前三名；他平时表现也很积极，主动参加学校老师组织的晚上护校活动。那时候广西还有土匪出没，护校的老师和学生一起，发现可疑人员就立即报告当地公安机关。

1950 年 10 月 13 日，小永腾的愿望终于实现了。他被批准加入少年儿童队，成为钦州师范学校附属小学较早的一批少年儿童队队员。

少年儿童队入队仪式，是小永腾记忆中最庄重的时刻，也是最美好的时刻。

清晨，太阳刚刚升起，朝霞映照在学校的操场上，也打在他们这些即将入队的学生们脸上。不知是霞光，还是由于兴奋，他们个个满面红光，脸上洋溢着喜气。

10 月 13 日，是中国少年儿童队成立的日子，不是节日，胜似节日。

辅导员，就是那位教他们打腰鼓的女老师，她胸前也戴着红领巾，霞光和红领巾的色彩，把她装点成一朵红玫瑰。

她环视了一下新队员，朗声说："同学们，今天，是非常特殊的一天，是少年儿童队建队一周年的日子！在这个喜庆的日子里，一批新队员要加入我们少年儿童队组织了。祝贺他们！现在，新队员入队仪式开始！全体立正，敬礼！出旗，奏乐！"

乐队吹响了嘹亮的队号：多米梭，米多梭，多梭多米梭，多米梭，米多梭，梭多米梭多！

鼓声响起来：咚、咚、咚，咚、咚、咚，咚咚咚，咚咚咚……

鼓乐声中，少年儿童队的一名旗手执旗，护旗手敬队礼，踏着坚定的步伐前进。全体队员向队旗行注目礼，目送着旗手。

出旗完毕。女老师宣读新队员名单。

当念到"黄永腾"三字的时候，小永腾"啪"地立正，高声自豪地回答："到！"惹来一阵善意的笑声。他为庄重的仪式添加了一些轻松愉快的气氛。

小永腾这才意识到，这不是点名，不需要回答的，他实在是太兴奋了，闹出了一个小小的笑话。他不好意思地摸着自己的脑袋，向小伙伴们歉意地笑了笑。

女老师说："现在，给新队员戴红领巾！"

女老师双手托着红领巾，微笑着走到小永腾面前，把红领巾挂在他的脖子上。她弯下身来，摸摸小永腾的头，给他系上红领巾，又把手放在他的肩上，轻轻地拍了拍，说："黄永腾，从今天开始，你已经成为一名光荣的少年儿童队队员了，希望你继续努力，严格要求自己，做一个优秀的少年儿童队队员！"

女老师向小永腾敬队礼，小永腾赶紧举起小手，向女老师敬礼。

金秋送爽，红领巾在胸前微微飘起。小永腾低下头来，抚摸着红领巾。就在这一刻，他突然觉得自己一下子长高了，长大了，从一个少不更事的孩子，成长为肩负使命的少年儿童队队员了。

他不禁心头一热，暗暗立誓：将来祖国靠我们来建设，我一定要努力学习，长大了做劳动模范，做保尔·柯察金那样的英雄！

“升国旗，唱国歌，全体队员敬礼！”女老师说道。

他们高唱着国歌，右手五个指头并拢，高高举过头顶。

女老师已经在入队前就给他们讲解这些知识了。五指并拢表示“五爱”：爱祖国、爱人民、爱科学、爱劳动、爱护公共财物。将手高高举过头顶，表示人民的利益高于一切。

“新队员入队宣誓！”女老师说道。

少年儿童队旗手执旗，两名护旗手面向队旗站在两侧。宣誓由少年儿童队大队长领誓，领誓人说一句，小永腾等新队员跟着说一句。

宣誓完毕，女老师说道：“呼号！”

旗手和护旗手站在队列前，旗手执旗，队旗上的星星火炬在太阳下闪闪发光。

护旗手面向队旗，左手拉旗角，右手举起拳头。

女老师走到队旗前，面向队旗举起右拳，全体队员随之举起右拳。

女老师说：“时刻准备着：为共产主义事业而奋斗！”

队员齐声：“时刻准备着：为共产主义事业而奋斗！”

女老师说：“退旗，全体少年儿童队队员敬队礼！”

在嘹亮的号角声和铿锵的鼓声中，旗手和护旗手迈着坚定的步伐离开队列。

当旗手和护旗手走过小永腾面前时，他的心，仿佛随着旗手的脚步剧烈地跳动。

十月金秋的太阳射出炽热的光，队旗更红了，像火炬在燃烧。

旗手和护旗手带着队旗远去了……

队旗，却永远飘扬在小永腾的眼前，永远飘扬在他的心中。

# 英雄梦

在小永腾加入少年儿童队的1950年，发生了一场举世瞩目的战事。这年10月，中国人民志愿军奔赴朝鲜战场，拉开了抗美援朝战争的序幕。

这场战争历时两年零九个月。1953年7月27日，战争双方在朝鲜停战协定上签字，抗美援朝战争宣告结束。

1951年4月11日，《人民日报》的头版头条登载了军旅作家魏巍在朝鲜前线采写的战地通讯《谁是最可爱的人》。在这篇作品里，作者以诗一样的语言，火一样的激情，热烈歌颂了朝鲜战场上志愿军战士出生入死、无私奉献的革命英雄主义、爱国主义和国际主义精神。

文章产生了轰动效应，人们争相阅读，奔走相告。一时间，好评如潮。

当时，魏巍的《谁是最可爱的人》《再见了，亲人》等多篇抗美援朝题材的作品，被选入了全国的中小学语文课本。

从此之后，“最可爱的人”成为中国人民志愿军和中国人民解放军的代称。“最可爱的人”是那个时代的光辉形象。

在抗美援朝战争中，中国人民志愿军中涌现出了许多英雄人物。

有马特洛索夫（第二次世界大战时期苏联著名的英雄）式的英雄黄继光，他用自己青春的胸膛堵住敌人碉堡的枪眼，为战友们打通了走向胜利的道路。

有遵守纪律、自我牺牲的典范邱少云，他和战友们在埋伏时，敌机投放的燃烧弹迸出的火溅在他身上，燃起了熊熊大火，他为了不暴露自己和战友，一动不动，直到被火焰吞噬。

有爱民模范罗盛教，他冒着零下20摄氏度的严寒，奋不顾身跳到冰河里，去救滑冰掉进冰窟窿的朝鲜少年崔莹。崔莹被救上岸活了下来，罗盛教却光荣牺牲了。

更有被志愿军总司令彭德怀赞誉为“中国人民的优秀儿子，国际主义的伟大战士，志愿军的模范指挥员”的杨根思，他率领全排坚守阵地，连续击退美军数次进攻。当他射出最后一颗子弹，阵地上只剩下他一人时，美军又一次爬近山顶。千钧一发之际，他抱起仅有的一包炸药，拉燃导火索，纵身冲向敌群，与爬上阵地的美军同归于尽。

这些英雄的事迹，从广播喇叭里传出，随着十月的金风，飘向祖国的四面八方。

这些英雄的照片和宣传画像，被贴在街道上和学校的橱窗里，他们的英勇事迹被登载在全国各种大大小小的报纸刊物上，出版于《中国人民志愿军英雄谱》等图书中。一时间，家喻户晓。

小永腾把报刊上的志愿军英雄像剪下来，贴在自己的笔记本上，晚上搂着笔记本睡觉，魂牵梦萦的都是这些战斗英雄。

每天起床后、睡觉前，他都要看看他们。看着英雄的像，他的心扑通扑通跳得厉害。

他觉得这些英雄正在用期待的目光凝视着他，似乎在对他说：“黄永腾同学，你快快长大吧，自古英雄出少年，从小学英雄，长大做个英雄。”

英雄人物身上凝聚着人类宝贵的战斗精神、大无畏精神、集体主义精神、献身精神。

这些精神，滋养了一代又一代中华儿女，激励他们挺起脊梁，翻越一座又一座高山，涉过一道又一道激流，渡过一个又一个险关。

那个年代，每个少年儿童的心中，都住着一群英雄。

英雄主义是那个时代奏响的动人旋律。这个旋律时时回荡在少年小永腾的耳边。

# 报考师范

1952年，黄永腾小学即将毕业，他憧憬着以后能读初中、升高中、上大学，实现自己当英雄、当劳动模范、当艺术家的梦想。

天有不测风云。那年春天的一个上午，天气特别冷，寒风阵阵，细雨纷纷。不知为什么，他有一种不祥的预感，似乎有什么不好的事情要发生。

上午10点钟，他正在教室里上课，突然见到三叔冒雨来到教室门口，伸手朝他示意。

他赶紧走出来。

他见到三叔煞白的脸。三叔把他拉到一边，说："永腾，不好了，你爸爸死了。"

"啊？啊！"他简直不敢相信自己的耳朵。

叔叔把死亡证明书递给他。

眼泪，顺着他13岁稚嫩的脸颊淌了下来。寒气如同冷雨，侵袭了他的全身。

瞬间，他失去了童年。

三叔摸摸他的头说："永腾啊，你想过没有，以后没有人供你读书了，怎么办？"

他茫然地望着霏霏细雨，雨幕在寒风中飘散。

父亲离开人世了，离开了幼小的孩子。

一阵彻骨的寒冷。屋漏偏逢连夜雨，船迟又遇打头风。继幼年丧母之后，他又失去了父亲。

生命如此脆弱。

他问叔叔，爸爸是怎么死的？叔叔说他也不是很清楚，据说是跟村里人发生冲突，伤重医治无效死亡。

父母是孩子的大树。孩子在一年四季中，春天倚靠在父母这棵大树下憧憬未来，夏天倚靠在树下歇暑乘凉，秋天倚靠在树下成长成熟，冬天倚靠在树下躲避寒风。

年幼的黄永腾依靠的大树倒了。接下来的日子怎么过？

尚未成年，无人抚养，自己又不能自食其力。生存是第一位的，长兄如父，十多岁的他，以后只能带着两个弟弟黄永悟、黄永敏艰难度日了。

继续升学的梦，眼看就要破碎了。

他问三叔：以后怎么办？三叔告诉他，天无绝人之路，要想继续升学，可以去考钦州师范学校，将来毕业出来做老师。

钦州师范学校的学生是公费生，不用缴纳学费，国家还给助学金，发给生活补贴，每个月有八元五角钱。

三叔的一席话，拨开了他心头的迷雾，他眼前现出了一线光明。

他本来并不想当老师，更不想当小学老师。从小他就听过一句老话，“家有五斗粮，不当孩子王”。老话又说，“百不奈何讨米，万不奈何教书”。穷书生走投无路才教私塾当孩子王。

但他仔细一想，认为那是古时候、旧社会的观念了，现如今是新社会、新中国了，教书有什么不好呢？

那就读师范吧！眼下，要继续升学读书，除了读师范，难道还有别的选择吗？

同学是没有血缘的亲人。他的同班同学李树生，见他生活困难，平时又吃不饱，就从家里拿了一袋红薯给他。他接过那一袋红薯，手都发抖了，这真是救命的红薯啊。

患难见真情。打那以后，他们就成了最好的朋友。

他们发奋学习，准备一起考师范。那时候没有电灯，他们又没有钱买灯油，晚上看见别人看书，他们就凑过去，借光来看书。

小学毕业以后，黄永腾和李树生及另一个同学，三人相约到离他们小学有20多公里的防城考点报考钦州师范学校。那时的社会治安状况不好，结伴而行可以壮胆。

20世纪50年代初期，不管是城市还是乡村，交通靠脚走，通信靠嗓吼，治安靠养狗。尤其是乡村，不但绝大多数人没有坐过公共汽车，就连自行车也是稀罕之物。人们的出行主要靠步行、坐畜力车、骑马骑牛，运输则用独轮车、板车等。

他们不想麻烦大人，就自己走路去防城。三人的鞋子穿烂了，也没有钱买新鞋，只好打赤脚走路。

他们不走马路，一来走马路比走小路远，二来那炎炎烈日把路面晒得发烫，赤脚走在马路上，脚板火烧火燎的，让人受不了。

三人一路走着，饿了就吃李树生的红薯，渴了就喝小河里的水。

就这样走啊走，走到半路，太阳落山了，夜幕降临。

天一黑，四周的山和树都变得阴暗幽深，看起来危机四伏。那时，山里还有很多野兽，野兽出来伤人的事也偶有发生。

三人又累又饿又害怕，一门心思想着尽快脱离危险。

为了赶时间、抄近路，他们只得游过一条小河。小河不宽，宽度仅有八九米，似乎不用费很大的劲就能游到对岸。

他们脱了衣服裤子就下了河。下水才知道，河水深得踩不到底。

黄永腾一只手拿着衣裤，一只手拼命划水，眼看就要到岸边了，不料脚被水草缠住了，动弹不得，惊慌和恐惧如同水草一样缠住了他。

他想大喊救命，可刚一张口，就呛了水。他心想，完了，这下完了！

一个人在非常紧急的关头，往往会有超强的爆发力。强烈的求生欲望，能使人的潜力释放出来。他扎下猛子，沉入水中，用力扯断那些缠在脚上的水草，才又猛然蹦出水面，深深吸了一口气，抵死游上了岸。

从那时候起，他明白了大人说的“欺山莫欺水”这句话的分量。水下有漩涡、暗流不说，光说那些水草，就够可怕了。它藏在水底，软软的、柔柔的、绿绿的，一摇一摆，看上去很动人，谁知它们那么“阴险”，稍不留神就把人死死缠住，要人的命。

他们提心吊胆地赶到防城时，已是晚上 8 点多了，他们没有钱住旅社，又不愿意去麻烦亲友，就在考点附近的一所小学的教室里拼起课桌当床，迷迷糊糊睡了一晚……

第二天考试。

黄永腾和另外一个同学顺利地考取了钦州师范学校初师班，李树生却名落孙山。

从那以后，黄永腾与李树生像是两辆在分岔路口的车，各选一方，失去了联系。

受人滴水之恩，定当涌泉相报。几十年来，黄永腾一直记得李树生，一直记得那一袋红薯之恩。

杜甫诗云：“人生不相见，动如参与商。”黄永腾与李树生失去联系之后，多年来多方打听李树生的消息，期待能够见到他，当面向他表达自己的感激之情。

终于，36 年之后，1988 年的夏天，黄永腾打听到了李树生的确切住址。李树生住在钦州一所中学附近的居民区。

那年暑假，黄永腾特地前往钦州找到李树生，两位老同学共忆少年的难忘时光，久久不能平静……

# 毛校长

钦州师范学校，是一所历史悠久的学校，它的历史可以追溯到1906年开设的钦州中学堂，后来是1928年创办的钦州简易师范学校，迄今已有100多年。该校历经发展，至2006年成为广西沿海地区唯一一所公办综合性二本院校——钦州学院。在2018年12月广西壮族自治区成立60周年之际，正式更名为北部湾大学。

黄永腾入学了，成为钦州师范学校初师班的学生。开学典礼在学校礼堂举行，校长毛湘澄上台讲话。他身材高大，看上去50多岁，头发已经花白，额头上爬满了皱纹，眉毛浓且微蹙，总是一副若有所思的样子，神情有些忧郁。他瘦弱且文静，身板笔直，给人一种自信的感觉。

毛校长对学生们寄予三点希望：

一是学会做人。做一个有志向的人，一个善良的人，一个有教养的人。在校当个好学生，在家做个好孩子，在社会上做个好公民，将来做个好教师。

二是学会学习。要做勤劳的小蜜蜂，不断采撷知识芬芳的花蜜。本事，本事，有本才能做事，学生的本就是功课。

三是学会生活。寄宿生要学会料理自己的生活，安排好自己的学习、锻炼、娱乐、休息时间。

毛校长强调，下苦功，在少年，要珍惜时光，打好基础，学好本领，这是一辈子都用得着的。一寸光阴一寸金，寸金难买寸光阴，切莫虚度了自己的青春。

他给学生们讲了一个老人打老虎的故事。

古时候，一个山村里出现了一只凶猛的老虎，它经常吃人，本地的好几个猎户去打老虎，竟然也被老虎吃了。一时间，人们谈虎色变，人心惶惶。村民不敢上山打柴，生意人不敢出门卖货，人们的生活和生产都受到了严重的影响。县衙门见状，只好重金悬赏，期待打虎英雄出现，消除虎患。

一天，有个外地人揭了榜。众人一看这位揭榜者，竟然是个身形瘦小的老人，简直不敢相信自己的眼睛。老人头发胡子全白了，那样子看上去似乎风都能把他吹倒。老人身旁跟随着一个十多岁的男孩，男孩肩上背着褡裢，两条胳膊细细的，像两根豆角似的，看上去不可能有什么力气。众人大失所望。

衙役带着老人和小孩到了县衙。大堂上，县官问他拿什么打虎，老人让男孩从褡裢里拿出一把短斧头。县官一看直摇头，心想：我要的是打虎英雄，不是木工。县官说："打虎关乎人命，你有把握吗？你可想仔细了？"

老人拱手说："多谢大人，草民自有办法，听说那只老虎在山里，离这不远，我先去把老虎杀了。"

县官听了，一肚子的狐疑，客气了几句，便派人领着他俩去老虎出没的地方。

正是正午时分，衙役领着两人到了一个峡谷深处。老人对男孩说："去把这只大虫叫出来吧。"

男孩张口，熟练地模仿老虎发出一种狂怒的吼声。顿时，声震林木，落叶纷纷，山鸣谷应。

不一会儿，老虎果然大摇大摆地从林中走了出来。人们见了，纷纷四散奔逃。男孩也退去，然后远远站定。唯独老人依然在原地，手拿短斧头，像树桩一样立着。

老虎见了老人，便猛扑过去。说时迟，那时快，老人瞬间侧头，闪电般朝着猛扑而来的老虎举起斧头，老虎从他头顶越过，被斧刃划开胸膛，倒在地上，血流了一大摊，颤动了几下，就再也不动弹了。

好一会儿，人们确信老虎真的死了，才纷纷跑过来看，只见一条长长的斧痕从老虎的下颌划到肚子直到尾巴。

人们纷纷上前施礼请教，问老人为何打虎如此简单。

老人说，看似简单，其实不然。他年少时就开始练习打虎这一招，眼力练了十年，臂力练了十年，站桩练腰腿力练了十年，胆量又练了十年，这些都是打虎基本功。等到打虎绝技练成，他已经到了今天这个年纪了。

这个故事，包含着很深的哲理。

毛校长在开学庆典上跟学生们说这个故事，可谓用心良苦。

开学后不久的一个星期天，黄永腾和几个同学到学校附近的河畔树林里捉蚂蚱。秋天的蚂蚱，蹦跶起来笨笨的，捉起来很容易。

正巧，他们在河边的小路上遇见了到河边洗衣服的毛校长，连忙很有礼貌地站在路旁，给校长让路，并道了一声："校长好。"

毛校长走到他们面前站住了，像见到自己的孩子一样，很欣赏地望着他们，笑着问："你们去哪里啊？"

"我们去捉蚂蚱。"有学生回答道。

"哦，"毛校长有些失望，接着说，"星期天可以去图书馆，多读些书嘛。"

黄永腾明白，毛校长在委婉地批评他们贪玩，不珍惜学习时光。他有些内疚，怕校长失望，就解释说："毛校长，我们刚来学校，到处转一转，下周末就去图书馆，不会到处乱跑了。"

毛校长听了，很高兴地说："好啊，开卷有益。"接着他叮嘱道："天热，你们不要私自到河里游泳或者洗澡啊，很危险的。如果要游泳，一定要有老师和家长带着才行。"

毛校长把手中的提桶放下，蹲了下来，这样他高大的身躯就跟他们这些学生一般高了。毛校长拍拍他们的肩膀，问道："同学们，你们知道民族英雄冯子材、刘永福是哪儿的人吗？"

"钦州人！"他们异口同声回答。

"不错，他们都是抗法名将，是钦州的骄傲啊。那我再问你们，知道他们是哪个村子的人吗？"

见他们答不上来，毛校长告诉他们："冯子材是钦州沙尾村人，那里离这里不远。刘永福是钦州那良镇大坡人。记住啦？你们有时间可以去他们的故居走一走，看一看。"

那时候，钦州归广东省管辖，那良镇属于钦州。至于钦州划归广西，那良划归防城港市，那是后来的事了。

毛校长说罢，站起身来走了。黄永腾和几个小伙伴一门心思去捉蚂蚱。蚂蚱是吃庄稼的害虫，捉了蚂蚱，可以用狗尾巴草把蚂蚱串成一串，拿来烤着吃。在物质匮乏的20世纪50年代，这种免费的烧烤味道可香啦。

更巧的是，他们在回去的路上，又碰上了洗完衣服的毛校长。

毛校长依然像之前那样蹲了下来，问他们："我再问你们，刚才说过的，抗法英雄冯子材、刘永福的家乡是哪个村的呀？"

"冯子材是钦州的，刘永福是那良的，他们是哪个村的记不住了。"黄永腾回答。

"看看，跟你们说过的，你们怎么不记呢？水过鸭背，这样可不行啊。"毛校长用略带批评的语气说道。

他们几个人满面通红。他们有些怕这个苦口婆心的毛校长。

毛校长不厌其烦，又说了一遍冯子材、刘永福所住村子的村名，还说起了他们的生平事迹，说起镇南关大捷和纸桥大捷。

毛校长拉着黄永腾的衣襟说："爱祖国，先要爱家乡，爱家乡就要了解家乡啊！这里的山叫什么名字，河叫什么名字，它们有什么故事，都要了解……"

# 爱上“小三门”

钦州师范学校跟新中国的其他学校一样，一片生机勃勃的景象。

学校生活紧张、有序、活跃、多彩。

经历了新旧社会更替，20 世纪 50 年代的学生每一天都看到社会发生的巨大变化。他们与新中国一起成长，激情、单纯又活跃异常。钦州师范学校的学生也不例外。

钦州师范学校当时开设现代汉语、数学、物理、历史、地理、教育学原理、教育心理学、小学教材教法、教学研究、音乐、体育、图画等课程。

学生每天早上 6 点起床，然后做早操、吃早餐及晨读。上午 8 点到 12 点、下午 2 点到 5 点上课，晚上 7 点到 9 点晚自习。

体育课有跑步、跳高、跳远等田径项目，有篮球、足球、乒乓球等球类运动，还有青年拳、单双杠等项目。体育并不局限于课堂，每天下午放学之后，学校的操场上便热闹起来，欢声笑语响成一片。班级之间常常搞篮球比赛，年轻老师和学生一起打球。黄永腾个子小，就在场边当啦啦队员。

周末，学校经常举办舞会，老师和学生都来参加。师生们手拉手，围成一个大大的圆圈，在操场上跳集体舞。

男同学、女同学，一个接一个，手搭在前面同学的肩膀上，翩翩起舞。20世纪50年代学生的思想观念很传统，集体舞热烈中难免带些拘谨。

跳集体舞时播放得最多的舞曲是《青年友谊圆舞曲》：

蓝色的天空像大海一样，
广阔的大路上尘土飞扬，
穿森林过海洋来自各方，
千万个青年人欢聚一堂，
拉起手唱起歌跳起舞来，
让我们唱一支友谊之歌……

乐曲节奏鲜明欢快，旋律流畅，热情洋溢。师生们在集体舞中传递着感情，享受着艺术之美、和谐之美、青春飞扬之美。

跳集体舞既是文娱活动，又是体育运动，真快乐啊！黄永腾听班主任说“文体不分家”，他认为这一说法很有道理。

在钦州师范学校求学的三年，黄永腾接触了许多优秀的老师，他觉得老师们特别有才华。他们都很注意听取学生的意见，经常问学生：你们对老师有什么要求？这样上课你们乐意听吗？听得懂吗？……

有些老师刚从师范学校毕业，他们讲课时注重结合实际，生动活泼，特别吸引学生。这些老师平时也像大哥哥大姐姐一样，跟学生很谈得来。

黄永腾对两个老师印象最深刻，一个是音乐老师潘承传，一个是图画老师邓德洋。

潘老师教音乐课时十分投入，很有激情，仿佛浑身都燃烧起来，涨得满脸通红。

记得有一次，潘老师教他们唱《救亡进行曲》：

工农兵学商，
一齐来救亡！
拿起我们的铁锤刀枪，
走出工厂田庄课堂，
到前线去吧，
走上民族解放的战场……

潘老师满腔热血，一边高声领唱，一边挥动双臂打着拍子，双脚坚定有力地原地踏步。

潘老师自豪地说，这首歌的词作者是广西罗城人周钢鸣，他是著名记者，也是诗人和作家。

几乎每周都有音乐课。黄永腾一上音乐课就觉得耳朵不够用。

潘老师的嗓音浑厚而富有磁性，很有感染力。他把乐器带进课堂，有笛子、二胡、手风琴等，吹拉弹唱，现场示范。

潘老师在课堂上讲解笛子时，黄永腾听得很入迷。

潘老师说，中国常见的笛子有南方的曲笛和北方的梆笛，曲笛婉转悠扬，梆笛热烈奔放。

潘老师善于吹奏梆笛，他给学生们吹《荫中鸟》时，用笛声来模仿各种鸟的叫声，惟妙惟肖。他用了滑音、吐音、花舌音等吹奏技巧，那吐音清脆短促有弹性，那花舌和滑音，那颤音，将班上的学生引入一个众鸟轮番啼唱的世界之中。

黄永腾沉浸在潘老师奇妙的笛声里，感觉那里面有暖暖的春日、蓊郁的绿树、徐徐的和风、林中鸟儿的争鸣等，一幅幅精彩的画面，如风景画一样浮现在他的脑海里。这音乐的世界充满了无边的诗情与画意。

从那时起，他迷上了乐器。他想，手风琴太贵了买不起，笛子还算便宜，以后毕业有工资了，一定要买一支笛子来吹。

潘老师教简谱，还教他们唱许多歌曲，有《毕业歌》《大路歌》《劳动最光荣》《小白船》《南泥湾》等。

黄永腾天生与音乐有缘，一首歌老师教唱几遍后他就能记住。一张歌单拿到手上，他照着上面的简谱，也哼唱得有模有样。

他平时有两大习惯，一是写日记，二是抄歌曲，日记本和歌本就成了他书包里的“常客”。潘老师看了他的歌本，在课堂上表扬他这个好习惯，说热爱音乐就是热爱生活。

潘老师说：“同学们啊，学校里有句很流行的话叫作‘学好数理化，走遍天下都不怕’。人们习惯把数理化叫‘大三门’，音体图叫‘小三门’。在这里，我还要告诉同学们一句话，那就是‘学好音体图，一生得幸福！’”

这句话，黄永腾记住了。后来的生活证明，这句话说得对极了。

师范课程有一个特点就是学得杂，不求培养专家，但求造就杂家。

本来并不打算做老师的黄永腾，由于无钱读高中、升大学，歪打正着读了师范。但他渐渐爱上了学校，爱上了当老师，爱上了教育学，爱上了音乐、体育、图画。

人一旦有了爱好，就生活在两个世界里，一个是现实世界，一个就是他爱好的世界。这些音乐、体育、图画课程，给了黄永腾无穷的学习乐趣，给了他前行的动力；这些爱好，让他的生活有了斑斓的色彩，成为他快乐的源泉，给了他莫大的精神享受。现实世界里，多大的苦他也不觉得苦了。

美术老师邓德洋，画人像很厉害，上课时拿着一根粉笔在黑板上随手一画，人物像便栩栩如生。他尤其擅长画领袖像。

邓德洋老师瘦瘦的，讲课慢条斯理。

邓老师讲解素描与色彩，讲解如何画石膏像、如何写生，讲解画人要讲究形态重心骨骼、站七坐五蹲三半。通过学习，黄永腾懂得了几何体，懂得了素描、写生，懂得了色彩、构图、线条、用光，懂得了近大远小、近浓远淡、近粗远细……他感受到美术世界的奇妙。

每一节课，黄永腾都用心听，用心体会。他常被邓老师叫到台上去，在黑板上画画。他下了课也拿着铅笔在纸上画，越画越好。

从最简单的几何体，到复杂静物，到清新灵动的水彩，他一点一滴地进步着。

他学着画人像、画玻璃杯、画飞机坦克等，越画越好，越画越像。笔下的物体浮出纸面，他便有了满满的成就感。

他每月的八元五角钱补贴，除了交伙食费及给两个弟弟生活费，余下的钱都用来买书，主要是音乐、图画类的书。

他也学着潘老师的样子，试着自己作曲。这些爱好和尝试，为他后来在文艺宣传队的编导工作以及少先队活动中的节目策划工作奠定了基础，例如《护界碑歌》，就是他自己作词作曲的。这些，在后文将会仔细说到。

体育、音乐、图画，一些人看不上的“小三门”，黄永腾却喜欢得不得了，一上这三门课就来劲。这三门课也使他终身受益。

体育课，增强了他的体质和运动能力，培养了集体荣誉感，锻炼出勇敢顽强的精神。在体育锻炼中，少年黄永腾的力量、速度、敏捷度、耐力和身体的灵活性一天天增强。

音乐课，从心灵深处唤醒他的气质与灵感，那看似简简单单的七个音符，变化无穷，蕴藏着无限的可能，给他莫大的想象空间。

图画课，培养了他的形象思维能力，练就了他敏锐审美的眼光。

体育、音乐和图画，陶冶了他的心灵和情操，健全了他的身心。一些看似平常的事物，在他看来也变得赏心悦目了。

小河里荡起的层层涟漪，树木伸向空中的枝条，那都是大自然柔美的线条。河滩上那些大大小小的石头，不正是一个个美妙的音符吗？

学校离大海很近，走出校门不远就可以看见大海。黄永腾站在岸边，远远望去，海天一色。天空低下来，吻着蓝色的钦州湾，吻成一道地平线。

收回目光望近处，海浪拍打着礁石，哗哗地涌上来又退下去，抚摩着细软的沙子，在沙滩上划出一道道五线谱，奏出蓝色交响曲。

傍晚，看着空中袅袅上升的炊烟越升越高，他想象着，这些烟雾到了天上会变成一朵朵、一片片、一丝丝的白云吧。

太阳快落山的时候，云彩里射出万道霞光，天空燃烧着火焰，像英雄的鲜血。

夜幕降临时，看着海上的灯塔一闪一闪的，他想象着，这是光的呼吸吧。

哦，神奇的自然，世界的大美，构成了多么丰富美妙的图画和乐章啊！他简直不敢想象，如果没有音乐和美术，世界将会变得多么简陋而枯燥。

艺术的灵魂是善良和美好。见到好人好事，他心里感到很舒适；见到坏人坏事，他心里感到很难受。

有一次，学生们在操场上做广播体操，有两个学生不知什么原因吵了起来，后来就动起手来。其他学生赶紧去办公室找老师。

教导主任来了，问谁打架，有人指着后面一排。老师顺着指的方向看到了黄永腾，以为是黄永腾打架，就责备他，讲了一番同学之间应该团结友爱、互相帮助的道理。

黄永腾本想申辩，但看到教导主任满头白发、一脸皱纹，脸上写满了操劳和沧桑，不忍伤老师的心，就不吭声，默默承受。

那个打架的学生见黄永腾代自己受过，赶紧说明是自己打架。

教导主任对那个打架的学生说："你勇于承认错误，这是改正错误的第一步，很好。"

他又对黄永腾说："老师错怪你了！你受了冤枉，怎么不吭一声呢？"

这时，班主任邓老师见状，走过来说："黄永腾脾气好、心肠好，从来不打架，我了解他，爱好音乐、美术的学生，不会学坏的。"

黄永腾听了，挠挠脑袋，嘿嘿地笑了。

# 躲进树林里夜读

每天的晚自习从晚上 7 点到 9 点。黄永腾和同学们觉得下课后时间还早，这么早就睡觉有点浪费时间，就自己延长自习时间，点着油灯，偷偷躲在蚊帐里看书。如今学校的宿舍里，熄灯之后，也常有一些勤奋的学生仍然打着手电筒在床上看书。但是那个时候，黄永腾买不起手电筒。

班主任邓老师到寝室里查房，发现了他们在蚊帐里点着油灯看书，就严肃地对他们说："你们这样做太危险了，点着蚊帐怎么办？要遵守作息时间啊，下不为例！"

眼看照此下去是行不通了，黄永腾和同宿舍的两个同学商量后，决定转移阵地。

下晚自习后，他们假装回宿舍睡觉，等老师走后，拿上特制的煤油灯——怕老师察觉，他们特意用墨水把灯染黑了，仅仅留一个洞——悄悄溜到教室外面的树林里，躲在那里看书。

刚开始的时候，他们还颇为得意，以为这样做能够骗过老师的眼睛，却不料仅仅过了一个星期，就被老师发现了。

一天晚上，邓老师到寝室里查房，不见黄永腾等人，便四处寻找，终于发现了他们的踪影：在树林子里，昏黄的油灯下，几个孩子蹲着看书。

邓老师见了，心里是又喜又爱又气。喜的是学生们平安无事，爱的是他们如此勤奋好学，气的是孩子们不守学校纪律。

他大声喝道："你们还不睡觉！"

黄永腾他们正沉浸在书本里，猛然听到一声断喝，如电击一般，吓得下意识站起身来，像被抓了现行的小偷，大气不敢出，耷拉着脑袋，听候发落。

邓老师指着他们说："你们几个，又是你们几个！明知故犯，屡教不改！"

他左手拉一个，右手揪一个，把他们拉回宿舍。

"太不像话了！都快 11 点钟了还不睡觉，明天早上 6 点要起床做早操，你们起得来吗？这事你们自己说，违反校规，怎么处理？"邓老师发出的一连串问句，几乎字字蹦出火星。

"睡眠不足，会给身体带来多大的伤害，你们知道吗？大脑得不到充分休息，思维迟钝，学习效率下降，记忆力也会下降，你们知道吗？青少年睡眠不足，会影响身体正常发育，你们知道吗？学校的作息时间是根据科学规律制定出来的，违反规律，是要受到惩罚的，你们知道吗？"邓老师接着说道。

他们面面相觑，频频点头，不敢作声。

"太晚了，赶紧睡觉吧！"邓老师说。

邓老师等他们上了架子床，又缓下语气劝他们："勤奋好学，珍惜时间，是件好事。但三好学生有三个标准——思想好、学习好、身体好，'三好'中的身体好是第一位的。"

邓老师走后，黄永腾在床上烙饼似的翻来覆去地想：明天会受到什么样的处分呢？

打那以后，他们老老实实按时睡觉，再也不敢违反学校作息时间规定了。

他们忐忑不安，等待着校方的处分。时间一天天过去了，他们没有受到任何处分。邓老师再也没有提起这事，甚至连检讨书都没有让他们写，此事像从未发生过一样。

黄永腾后来才明白，邓老师见他们用实际行动改正了，便不再追究了。

邓老师虽然表面上很严厉，心里对学生却充满了爱心和柔情，对于黄永腾这些勤奋好学的学生，他内心是十分喜爱的，只不过出于关心他们的健康，才对他们加以斥责。

班主任邓老师教教育学原理，深受学生们爱戴。邓老师不是什么名师，也不是大师，他从事教育事业半辈子，为学生操心了几十年。

邓老师喜欢黄永腾，不仅因为这个学生勤学好问、懂礼貌、爱思考、成绩优异，而且因为他尊敬师长、团结同学。

邓老师把学生当作自己心爱的孩子，像严父慈母，操心他们的生活和学习，默默注视他们在阳光下、在雨露中渐渐成长。

美好是不能忘记的。

# 两部苏联影片

有两个周末，学校到电影院包场，组织学生观看了两部苏联影片，一部是《教育的诗篇》，另外一部是《乡村女教师》。

影片《教育的诗篇》根据苏联教育家马卡连柯的著作《教育诗》改编，后者是师范院校学生必读的书目之一。

影片讲述的是苏联教育家马卡连柯真实的经历。十月革命胜利后，苏联有很多少年儿童在全国各地流浪，他们沾染了社会上的各种不良习气。马卡连柯在极端困难的条件下，创造性地用人道主义的关怀，将这些沾染了不良习气的孩子教育成为诚实守纪、热爱学习和劳动的人。

影片中的一个感人情节，让黄永腾久久难忘：

一天，马卡连柯把一个劣迹斑斑的学员叫到办公室，告诉他学校急需一笔钱，要派他到10多里外的银行去取回来。

那个学员瞪大了眼睛，说道："我去？我是当过小偷的！"

马卡连柯似乎不在乎他的话，接着说："天气不好，可能有暴风雪，你骑匹马去吧。"

那个学员去了之后，路上果然遇到了暴风雪。

他背着一袋钱，伏在马背上，一路狂奔。他裹风挟雪，衣帽都被冻成了冰盔雪甲。

他气喘吁吁地闯入马卡连柯的办公室，把这袋钱交给马卡连柯。

马卡连柯接过钱袋，说："你回来了，辛苦啊。"随手把钱袋放入保险柜。

那个学员很奇怪，问马卡连柯："你为什么不数一数那些钱？"

马卡连柯平静地说："你在银行一定数过了，我没有必要再数，你已经完成了任务，休息去吧……"

后来，正是这个学员，成为了马卡连柯的得力助手。

看完电影之后，老师布置了作文，让大家写一篇这部电影的观后感。

黄永腾在作文中写道："这部电影使我受益匪浅。浪子回头金不换。一个曾经劣迹斑斑的不良少年，在马卡连柯的感化下，一步步走向新岸，变成有为青年。只要心诚，石头也会开花的。将来我做老师，就要做马卡连柯这样令人爱戴和尊敬的老师，要用教育家博大的胸怀和爱心，去爱每一个孩子，包括人们眼中的坏孩子。"

学校组织学生观看的另外一部苏联影片是《乡村女教师》。在20世纪五六十年代，我国的许多师范毕业生深受本片女主人公事迹的感染，志愿投身于边远地区和乡村学校的教育事业。

这部电影的故事内容是，刚从学校毕业的瓦尔瓦拉志愿到西伯利亚的偏远乡村当教师。

贫困、破落村庄的村民们愚昧无知，不愿送孩子去学校上课。开始，教室里空空荡荡。瓦尔瓦拉挨家挨户动员家长，一个，两个……终于，教室里有了几十个学生。

她对学生们说："孩子们，从今天起你们就是学生了。我要教你们识字、算术，我要告诉你们白天为什么会变成黑夜，谁住在大海的那一边，风往哪里吹，河往哪里流。我要教给你们——思想。”

女教师瓦尔瓦拉通过不懈努力，用爱心慢慢赢得了村民们的尊敬和信任。她自己也日渐成熟。

在瓦尔瓦拉的精心教育下，学生们学习勤奋，和她栽种的三棵松树一起，渐渐长大了。

时光飞逝，岁月如梭。

几十年过去了，村庄被建设成了一座矿山城市，当年的年轻女教师已两鬓斑白，做了乡村小学的校长。

她经常收到自己的学生从全国各地写来的信，学生们感恩老师的悉心培养，骄傲地向老师汇报各自取得的成绩。

影片的结尾：1945 年学校举行校友聚会，学生们从各地赶来看望她。眼看桃李满天下，有的成了劳动模范，有的成了战斗英雄，有的成了大学教授，山村女教师沉浸在幸福的海洋之中。

山村女教师的榜样力量，驱动着师范院校的学生们走向山村任教，那是他们诗意的远方。

看完电影之后，学校让学生讨论：怎样做一个合格的人民教师？

那时候上课，课堂讨论几乎三天两头就有一场。

课堂讨论，是从国外学来的，外国叫“习明纳尔”，是一种专题讨论式的教学方式，当时在国际教育界很流行。

黄永腾觉得，课堂讨论其实是把课堂学习变成了一种集体活动。一些知识点如果一个人单独思考，不知要耗费多少时间，课堂讨论不仅节省时间，也锻炼了能力。同学们在讨论中有了合作意识、社交能力、集体精神，锻炼了口头表达能力，也锻炼了心理素质。

讨论中，每当他把自己思考的心得说出来，与同学分享，或者发言受到老师表扬时，他心里总是甜丝丝的，有一种说不出的喜悦。

黄永腾和同学们争先恐后发言，纷纷表示：要向电影中的女教师学习，听从祖国的召唤，胸怀远大的抱负和理想，投身祖国的教育事业，不怕千难万险，不怕山高水深，到农村去，到边疆去，到最艰苦的地方去，到祖国最需要的地方去。

他们觉得，是祖国培养了自己，将来要报效祖国，用勤劳的双手，用智慧的头脑，用青春和热情，用学校里学到的知识，教书育人，培育出一代新人，把祖国建设得更加繁荣富强。

这是回响在黄永腾这一代师范学子心中的强音。

# 课堂讨论陶行知

黄永腾尤其难忘，课堂上班主任邓老师给他们讲教育学原理，特别介绍了我国教育家陶行知先生的创造教育理论：生活即教育，社会即学校。

陶行知先生的创造教育以生活为教育内容。他认为，教育是从生活中得来的，只有以生活为内容的教育，才是创造教育。他强调教、学、做合一，创造教育，不但要教，并且要学、要做。而做的最高境界就是创造。

创造，就是在物质开拓中去开拓崇高的精神，在精神开拓中开拓人生的价值。

邓老师理论联系实际，给他们讲了陶行知先生两则关于教育的经典故事。

一是修手表的故事。

有一次，一位朋友的太太来看陶行知，说她的孩子把一块新买的手表拆了，她生气地揍了孩子一顿。

陶行知听了，连连摇头说："哎呀，你打掉了一个爱迪生。"

朋友的太太听了，赶紧向陶行知请教补救的

办法。

陶行知带着小孩和手表来到钟表店，请钟表师傅修理，让小孩看师傅怎样修表。

陶行知说，钟表店成了课堂，修理费成了学费，修表师傅是先生，在钟表店看修表是上课，师傅带着小孩装上手表就是社会实践，小孩子好奇心得到了满足。做父母的花一点功夫，培养孩子好问好动的兴趣，这样“爱迪生”才不会被赶走和打跑。

二是四颗糖的故事。

一天，陶行知看到一个男生准备用砖块砸同学，赶紧制止，并责令他去自己办公室。

陶行知在现场了解情况之后，便回到自己的办公室，见男生已在等他。

陶行知掏出一颗糖递给这个学生，说这是奖励给他的，因为他按时来了。

接着，陶行知又掏出一颗糖给男生，说：“这也是奖给你的，不让你打人，你立刻住手了，说明你很尊重老师。”

男生接过糖果之后，陶行知又说：“我了解到了你打人的原因，那个同学欺负女生，说明你有正义感。”

陶行知掏出第三颗糖给他。

这时，男生哭着向陶行知承认了自己的错误，说自己不该这样，打人也是不对的。

陶行知又拿出第四颗糖，说：“你已认错，再奖你一颗，我的糖分完了，我们的谈话也该结束了。”

讲完这两个故事，邓老师马上布置了课堂分组讨论：这两个故事说明了什么？

学生们你一言我一语，热烈讨论。

“两个故事说明，陶行知先生对小孩对学生有一颗博大的爱心。”

“对，他心地善良，他说过，捧着一颗心来，不带半根草去。”

……

邓老师在一旁听着学生们的讨论，不时点点头，不时也插上几句，参与和指导。

黄永腾发言："说明陶行知先生教导有方，他善于从犯错误的小孩和学生身上发现优点，找出闪光点。当老师的，就该这样去对待自己的学生。"

邓老师插话："陶行知先生善于寓批评于表扬之中，善于化破坏为创造。"

……

讨论结束了，邓老师肯定了学生们的心得体会。他还谈到：陶行知先生心地善良，心里总是装着他人，对老师和同学非常尊重，无论遇到什么事情，宁愿自己麻烦，也不愿意打扰别人。陶行知小的时候，有一天下大雪，他在上学路上耽误了时间，赶到塾馆时，老师已经开讲了。他怕影响老师讲课和其他同学学习，没有进门，一直站在塾馆外面听老师把课讲完。

# 毕业了

1955 年 7 月，黄永腾从钦州师范学校毕业了。学校根据他的志愿和工作需要，分配他到边境乡村那良太平村一个山寨的教学点当教师。

毕业那天，同学们穿上自己平时舍不得穿的衣服，高的在后面，矮的在前面，集中在学校操场上拍毕业纪念照。

黄永腾在镜头前展现了灿烂的笑容。

照完了毕业照，毕业班的学生打点行装，陆续离开了校园。

黄永腾无数次回望这个伴随他们度过青涩时光的校园，回忆三年来的点点滴滴，依依不舍……

别了，熟悉的校园。别了，亲切的教室。在这里，他恨不得把头埋进书本，把老师的谆谆教诲装进衣兜。

别了，敬爱的老师，感谢你们，你们在教师岗位上勤勤恳恳，教书育人，尽职尽责做好每一件事。学生的快乐成长，就是你们所有辛劳的回报，就是你们的美好愿景。

别了，亲爱的同学。分手时，同学们互道珍重，有的同学流泪了。花季的心，总是那么稚嫩。同窗的珍贵友谊，历历在目。同是钦州师范人，昨日于校园相聚，今日于校园分离，此去一别，不知几时才能相会。

别了，金色的学生时代。

他背上行囊去乡村小学报到的那一刻，整个人的身份发生了变化，从学生变成了老师。

学生时代结束，新的征途开启。

未来，将会是什么样?

远方，已经成为一种诱惑。

一路走，听见踏浪而来的渔歌。

海边的椰子树，在强大海风的不断袭击下，顽强地挺立着，在咸湿海浪的喂养下，长得高大挺拔。

他望着广阔的地平线上，那沐浴大海而鲜活的太阳。

他曾无数次站在海边，望着这熟悉而壮美的图景。他终于发现，每次从海上升起的太阳都不一样。

哦，太阳，每天都是新的。

心中有阳光，脚步有力量……

走过海堤，便进入那良公社地界。

荒山远，流水长。山路弯弯曲曲，一直伸向远处。

初夏，水量很大。悬泉飞瀑，告别大山，捣着顽石，跃下悬崖。阳光吻着溅起的水珠，呈现半圆的七彩花环。

山下一泓深潭，敞开蓝色的胸怀，接受飞瀑热烈的爱。

飞瀑之水，一路跌跌撞撞，从未停下脚步。这水，摔不死、累不死的啊。它流到哪里，哪里就是一道风景。它淌过青山，流过山谷和村庄，卷起命运的旋涡。

正是初夏，经过一个春天的充足雨水，小河长大了，长胖了，越来越滋润，越来越活泼。

潺潺流水，时而浅吟低唱，时而引吭高歌，沿着村野，一路给他送行。

思绪如涟漪，一圈圈地扩散开来……

所有的生命，都离不开你的哺育；所有的生命，都在你身上投影。

小河，别送了。

我走了，从今以后，我就是一名光荣的人民教师，要去乡村小学教书了。

小河，你是要赶赴大海的约会吗？

那么，我们一路同行吧。

少年黄永腾
如同榕树悬挂在空中的气根
在风中飘拂
在雨中洗涤
在阳光下微笑

气根——榕树的孩子
吸收着空气中的养分
越长越大
越长越长
渐渐长到地面
扎入泥土之中

# 中编 / 骄阳

似火骄阳

倾泻炽烈的光和热

烤得山川发烫

热汗与豪情挥洒

比海水咸

比桃李香

比岁月长

# 那棵大榕树

嗨哎——

太阳喊你你不来，

月亮喊你你不来。

山村小学来喊你，

打起赤脚跑过来！

1955年的7月13日，钦州市防城县（今防城港市）那垌小学来了一名16岁的老师——黄永腾。

那垌，还有黄永腾后来调去教书的那良，都是人们常说的“老、少、边、山、穷”地区。

老，指的是革命老区。

少，指的是少数民族地区。这里除了汉族，还聚居着壮族、瑶族、苗族等少数民族。

边，指的是边境。这里与越南紧邻，仅隔着一条十来米宽的北仑河。

山，指的是山区。

穷，当然就是贫困了。山里人辛辛苦苦劳作一天，也挣不到买一碗米粉的钱；累死累活忙碌一年，也筹不够买一头牛犊的钱。

新中国急需教师，尤其是乡村小学的教师。黄永腾是品学兼优的师范生，那年他刚满 16 岁，还是未成年人，但艰难困苦的经历使他较早成熟懂事了。

那天，那垌小学的郑校长到校门口来接黄永腾，见他个子矮小，看上去不到一米五，黑瘦黑瘦的，一脸的稚气。他本想伸手与黄永腾握手，一见黄永腾还是个孩子，就改了主意，伸出去的手接过黄永腾简单的行李，说："欢迎，欢迎啊，小黄老师。"

黄永腾第一次听到别人叫自己"小黄老师"，感到这个称呼很新鲜。

"郑校长好。"黄永腾连忙说道。

郑校长说："你来了，真是太好了，现在老师奇缺，尤其缺音乐、图画老师。小黄老师，听说你音乐、图画成绩优异，你来了太好了，真是雨中送伞啊！"

郑校长不说"雪中送炭"，因为这里是热带地区，很少下雪，雨倒是经常下个不停。

黄永腾听了，腼腆地笑了笑，说："校长高看我了。我学生还没当够呢，就来当老师了。这就像山歌里唱的：我是嫩鸟才学唱，茸毛鸭仔初下河。"

随后，郑校长给黄永腾简单介绍学校的情况：那垌小学在一座破庙里办学，学生多是附近的农家子弟，老师包班教学。

所谓包班，就是一位老师从一年级教到三年级，几乎是全科教学，语文、算术、自然常识、音乐、图画、体育等都得教。

黄永腾用衣袖擦着脸上的汗，说："算术课我恐怕教不好，其他科目都可以试试。"

郑校长说："哦，算术课已经有老师了，你不用教。"

黄永腾看到庙门前有一棵郁郁葱葱、生机勃勃的大榕树，它如同一把巨大的绿伞，遮蔽炎炎烈日。旅途的疲惫、酷热感消失殆尽，顿觉神清气爽。

这棵榕树看上去至少上百年了，树干挺拔，虬枝苍劲，庞大的树冠呈圆形，枝叶横生而稠密，枝叶间还结满了小小的果实。它盘根错节，众多的气根悬垂下来，千丝万缕在风中飘拂，像榕树的胡须，又像垂柳婆娑。

黄永腾心想：这些垂下的胡须，其实是榕树的孩子。这些孩子吸收空气中的水分，垂入地下，进入泥土，吸取土壤中的营养，渐渐增粗，长成了新的树干，成长为一棵棵连接母树的小树。小树是母树的支柱，也给母树提供养料，反哺支撑着自己的母亲主干。

郑校长见黄永腾望着榕树不愿离去，心想这个小黄老师年纪不大，心事还不少。

“这里凉快，我们坐一下吧。”郑校长指着榕树下的青石说道。

这棵古老的榕树是当地人眼中的风水树，是降福消灾的神树。为了保护它，人们在榕树四周砌了方形的青石。树下的泥土中插满了供香。树干上，贴满了红纸和布条，还有五花八门的卦辞、谶语等。

青石是人们在树下纳凉歇脚的坐凳，已被岁月打磨得铮亮。

两人在树下的青石上坐了下来。

“这里的人还这么迷信啊？”黄永腾问道。

郑校长说：“这是他们在找心理安慰，有什么办法。文化程度低，缺乏科学常识，迷信就有了市场。小黄老师，教师的任务很重啊！”

“是啊！”黄永腾答道。他不由得想起了电影《乡村女教师》女主角说的话：“我要教你们识字、算术，我要告诉你们白天为什么会变成黑夜……”

歇了一会儿，郑校长拍了拍黄永腾的肩膀，说：“小黄老师，时候不早了，我先安排你住下来吧。”

两人起身，走进这座破庙。

学校有大门无围墙，庙旁边有几间矮小的木板房。

黄永腾跟着郑校长走进其中一间木板房。郑校长把他的行李放到床上，略带歉意地说：“条件是差了点，小黄老师，慢慢适应吧。”

黄永腾环顾这屋子，仅一床一桌一凳而已，心头不禁涌起些许失落感。但他很快就意识到自己不应该有这样的念头，便下意识地甩甩头，似乎要把这些不好的念头甩掉。

“小黄老师，委屈你了。”郑校长看到黄永腾摇头，便安慰道。

“不委屈，我志愿到这里来，就不怕受苦，享福我就不来了！”黄永腾坚定地回答。

“吔——”郑校长听了，脸上立刻显出惊喜之色，他上下打量着黄永腾，似乎此时才认识他。

郑校长一把拉过黄永腾，紧紧握住他的小手，略带激动地说：“太好啦，不简单啊！你有这种思想觉悟……”

“要小黄老师，要对了人啊。”郑校长暗自叫好。

刚毕业时，黄永腾最初被学校分配到那良太平村的一个教学点，那是一个山寨。山寨周边常有老虎、蛇、野猪、野狗出没。山寨的狗也多，有的狗很凶，见人也不叫，闷声扑过去就咬，黄永腾有一次差点儿被这个山寨的狗咬伤了。

教学点的负责人姓陈，他见黄永腾年纪太小，尚不具备自我保护能力，就向教育部门反映，要求更换一个成年的老师来。那垌小学的郑校长听说此事后，就申请把黄永腾要来了……

当晚，黄永腾在这屋子里早早睡下了。远处传来不知是什么野兽的吼声，破庙顿时让人觉得阴森恐怖。

月光透过窗棂射进屋来。黄永腾圆睁双眼，望着朦胧中的屋顶上那些面目狰狞的怪兽图案：有的手持利器，好像在威胁他；有的展开双臂，似乎欲拥抱他；有的把头偏向一边，仿佛对他不屑一顾……它们的表情和姿势，似乎都与睡在屋子里的他有某种莫名其妙的关联。

他闭上眼睛，这些怪兽的身影依然在他脑海里晃来晃去，不肯离开。

孤独寂寞像蛇一样向他袭来。他不由得感到害怕，心里一阵抽紧。

山村如此闭塞、如此落后、如此迷信，今天仅仅是开头，明天、后天……还有无数个明天、后天，该怎么办？教学该怎么开展？老师该怎么当？

大颗大颗的眼泪不争气地顺着他 16 岁的脸颊淌了下来……他翻来覆去，实在睡不着，索性从床上爬起来，走出校门。

月光下，破落的古庙前，那棵榕树赫然入目。

他轻轻走到树下，树叶筛下月影，洒下一片斑驳。他抚摸着树干，百感交集。

这些树干由气根接了地气而成长，成长为榕树母干的支柱。有了这些支柱，榕树向四面伸展，枝繁叶茂，独木能成林。由于超常旺盛的生命力，人们称榕树为“不死树”。

树干—气根—树干，母亲—孩子—母亲……如此这般，循环往复，生生不息。这棵榕树的生长过程，有些类似师范学校，学校培养出学生，学生成长为老师，老师又培养出新的学生。学生—老师—学生……学生、老师良性循环，教育事业薪火相传。

他抚摸着树干上的一道道一圈圈深深的疤痕，这是榕树受过各种伤害的见证，但这些疤痕，却是榕树最坚硬的地方。

榕树，你是生命的图腾，是绿色的旗帜，是树中的英雄。

树犹如此，何况人乎？

感谢榕树，给了他启迪。

感谢榕树，给了他勇气和力量。

他不再感到孤独，也不再感到恐惧。他大步走回学校，走向那座大山里的破庙，走进那间属于自己的简陋木板房。

他躺在床上，闭上眼睛，满脑都是那棵榕树苍翠的身影。

迷迷糊糊中，他睡着了……

# 遇上烦恼

刚来学校时，黄永腾碰到了两件烦心事。

第一件是语言障碍。

当地人说的话叫俚话（客家话方言）。黄永腾刚开始到那垌，一句俚话也听不懂，更别谈会讲俚话了，简直成了“聋哑人”。

第二件烦心事，是学生和学生家长不叫他“老师”，而管他叫“娃仔”，显然不信任他。

一些家长带着孩子来学校报名，问班主任是谁，老师是谁，当看到自己小孩的老师黄永腾竟然也是个小孩，便找郑校长质询：“那个娃仔黄永腾，嘴上无毛，睡觉不知颠倒，吃饭不知饥饱，能教得好我的小孩？”

郑校长哈哈一笑，对家长们说：“你们把心放到肚子里好了，有志不在年高，黄永腾是师范学校的高才生哦，是驴是马，牵出来遛遛，你们往后就知道他的水平了。”

好在郑校长信任黄永腾，不然的话，学生连想都不想也会离开这个“娃仔老师”，都不肯报名就读他所带的班。如果真是这样，那他的小脸往哪搁呢？

村里一些读过私塾的老人见到黄永腾，往往用怀疑的眼光打量他，质疑他连学生都没有当够，怎么就能当老师了？

有个老人有意要试试黄永腾的学问，或者说是有意要为难他，就写了一个生僻字来问他："娃仔，你是老师，你认得这个字吗？"

黄永腾左看右看，是个"㑇"字，他平时见都没有见过，怎么会认得？就摇摇头，老实说："这字，我不认得。"

老人捻着山羊胡须，用教训的口吻说："怎么样？娃仔老师，它认得你，你不认得它！"

黄永腾向老人鞠躬，诚恳地说："老先生，我才疏学浅，请您告诉我，这个字怎么读，是什么意思？"

"小娃仔，告诉你吧，这个字读'chuǎng'，是'恶'的意思。老话说得好，师父师父，一日为师，终身为父，老师不是那么好当的！"老人说道。

其实他作为老师，不认得这个"㑇"字也并不怎么觉得难为情，中国的汉字八九万个，常用汉字也就两三千，一些生僻字不认得也在情理之中。让他惴惴不安的是，自己不被当地人认可，以后如何在这个地方当老师？如何在学校待下去？

这两件烦心事，就如同两只挡道的野狗，可是他不能绕道走，又不能逃跑，只能勇敢面对，只能想法子赶走它们……

1955 年 9 月 1 日，这个日子很平常，平常得就像菜市里的萝卜干。但这个日子对黄永腾来说却相当重要，重要得就像少先队员的红领巾。因为这一天，是他平生第一次正式走上讲台。

9 月 1 日，那垌小学跟全国的学校一样，按时开学了。

郑校长把黄永腾领进教室。教室里坐着一年级、二年级、三年级的学生 40 多人。

三个年级，为什么在同一间教室里上课呢？因为学校仅有两间教室，一年级、二年级、三年级的学生坐一间教室，四年级、五年级、六年级的学生坐另一间教室。每当老师给某个年级的学生上课时，其他两个年级的学生就做作业，不同年级的学生各干各的，互不相扰。这在当时有个说法，叫“复式教学”。

黄永腾第一天上的是一年级的语文课。黄永腾与郑校长一走进教室，学生们立即全体起立，齐声叫道：“老师好！”

黄永腾第一次见到自己的学生，觉得这所山村小学虽然偏远简陋，但还是很正规的，学生们也很守课堂纪律。

然而，他马上发现，班上学生看起来年龄都不小啊，有的学生跟自己差不多大。学生的年龄偏大，与山村的穷困落后有关，有的孩子年纪大了才上学，他们的年龄大多超过了规定的入学年龄。尽管他事先从郑校长那里了解到学校的一些基本情况，但今天走进课堂，还是免不了感到意外和吃惊。

“情况不妙啊。”他心想。

郑校长热情洋溢地向学生们介绍：“同学们，新学期你们有了新老师，他叫黄永腾，小黄老师。”

黄永腾忙向台下的学生们鞠躬。但在学生们看来，他鞠躬的样子显得有些滑稽，引得哄堂大笑。

“同学们，小黄老师从师范学校毕业，他以后不光做你们的班主任，还要教你们的语文、音乐、图画、自然常识等好几门课。今天，小黄老师来给你们上第一节课。”郑校长说完，向黄永腾点头，示意可以开始正式上课，便走出了教室。

课堂上，学生们交头接耳议论，他隐隐约约听到：

“年纪这么小，怎么会是老师啊？”

“就是啊，他跟我们年纪差不多大，怎么教我们？”

……

在众目睽睽之下，他的手不知该怎么放，本来天气就热，加上一紧张，手心出汗了，他只好不停地搓着湿漉漉的手。

事先不知准备了多少遍的开场白也不知丢到哪里去了，他站在那里不知说什么才好，目光根本不敢看学生，而是求救似的望着教室外校门口旁的那棵榕树，似乎那里有救场的秘法。

他很快镇定下来，说道："这节语文课，我们来学这篇课文。"他转身在黑板上写下课文题目《人有两件宝》。这篇课文是教育家陶行知写的儿歌。

有个调皮捣蛋的学生从座位上站起来，朝他的身后做了一个假装甩鼻涕的动作，意思是黄永腾还是个"鼻涕虫"，引得班上一片笑声。

黄永腾听到笑声，有些莫名其妙，转过身来看学生。他转身的瞬间，那学生扮鬼脸坐下了。

"同学们笑什么？"他还以为自己写错字了，但仔细看了看黑板，并无笔误，于是真诚地问道。

台下无人回答，笑声更放肆了。

一个年纪稍大的学生既没有举手，也没有站起来，就坐在座位上问："老师，你今年几岁？"

"18！"黄永腾觉得16岁确实小了一点，于是故意虚报两岁，暗示自己已经成年，完全有资格当他们的老师了。但是，在这些学生面前，18岁也还是小了点。

"哦，那……你跟我差不多大，你当我们的老师？"这个年纪稍大的学生接着说道。

"这个，这个……问题嘛……"黄永腾被问住了，他大脑一片空白，说话支支吾吾，心怦怦跳得厉害，脸有些发烫。

台下嬉皮笑脸的学生，见他答不上来的窘状很好玩，一个个挤眉弄眼，嘻嘻哈哈，教室里顿时如群蛙闹塘、麻雀闹林一般，哇哇呱呱，叽叽喳喳，秩序大乱。

这叫什么事啊？课还没上，先让学生们狠狠将了一军。课堂成了剧场，该如何收场？

教师生涯才刚刚开始，第一堂课如此糟糕，这样下去，老师将会威信扫地，师道尊严荡然无存，学生也将不把他放在眼里，课堂将变得毫无纪律和秩序，学生将如同在草地上撒欢的羊群……

不行，得赶紧救场。

他脑子飞快地转着，突然眉头一皱，计上心头，反问道："同学们，你们嫌我年纪小，不能当你们的老师，是不是？"

"你说呢？"有学生反问道。

"那我……做你们的朋友行不行？"黄永腾试着问道。

"好啊，当然好啊！"一个较大胆的学生高声说。

教室里又一阵大笑。

他听出来了，这次的笑声跟前面的嘲笑不同，是愉悦的笑声。

笑声中，他与学生们的距离似乎拉近了许多。至少，他们并没有排斥他这个老师。

他不失时机开始上课。

"现在，你们的朋友，请你们翻开语文书！"他一边说着，一边拿起语文课本，用普通话朗读课文《人有两件宝》：

人有两件宝，双手和大脑。
双手会做工，大脑会思考。
用手不用脑，事情做不好。
用脑不用手，啥也办不到。
用手又用脑，才能有创造。
一切创造靠劳动，劳动要用手和脑。

朗读过程中，他又听到嗤嗤的笑声和叽叽喳喳的议论声。他有些心慌意乱，不敢看学生，念课文的时候用书遮着脸，但还是坚持把课文朗读完了。

原来，学生们听他说的是普通话，与他们的口音不同，就觉得好笑。有的说他是土狗打洋屁，有的说他跟山里人说街上话，有的说他鸡同鸭讲，总之，拿他来取乐。

"老师，我们讲偓话好不好？"一个学生说道。

黄永腾认真回答："这不行，语文课必须讲普通话。"

“老师，什么叫普通话？”有学生问。

他还没来得及解释，又一个学生说：“老师，我要是逃学，你不要到我家里去家访哦，我家养了狗，好凶恶的哦，我怕它咬了你，我们家赔不起医疗费。”

另一个学生说：“老师，我家没养狗，也有两件宝，一老一小，老的是爷爷，小的是我，名字叫阿猫。喵——喵——”

这一声怪腔怪调的猫叫，刺激得班上的学生们像打了鸡血一样兴奋，一时间学生们纷纷玩起了口技竞赛，有人学公鸡叫，有人学牛叫，有人学狗叫……弄得教室仿佛成了动物园。等他们吵够了，那榕树下半截钢轨当当当的下课钟声也响了。

一场闹剧，终于收场了。黄永腾收拾教具，拿起课本，逃出了教室。

# 凄清长夜有温暖

刚到那垌小学那阵子，白天时间过得快，一到晚上时间仿佛停滞了。白天学校很热闹，一到晚上就冷清了。

下午一放学，师生们都回自己家了，剩下黄永腾一人孤孤单单地待在这间木板房里，守着这座破庙。

他想起那个循环往复、没完没了的故事：

> 从前有座山，山里有座庙，庙里有个和尚，和尚在讲故事，他说从前有座山，山里有座庙，庙里有个和尚讲故事，他说从前有座山，山里有座庙……

山村没有电，破庙阴森恐怖。那垌的深山老林，晚上不时传来野兽响彻山谷的吼声。不知名的鸟儿也在叫唤着，有的呜咽，有的哼哼唧唧。

这天夜里，人们刚吃过晚饭，老天像突然发怒了似的，天边亮起一道闪电。闪电像巨龙，狂舞着似乎要把整个世界搅翻；闪电像利剑，舞动着好像要把整个天幕撕裂。白炽的电光一闪，把窗外照得瞬间雪亮，狂风吹弯了那棵老榕树的枝条。

紧接着一声霹雳，震耳欲聋，房屋的窗户在雷声中吧嗒乱响。

闪电过后，窗外又是一片黑暗。暴雨像无数的鞭子，猛烈地抽打大地，风声、雨声交织在一起，发出怪兽般的声音……

雨声噼啪打着窗棂，黄永腾不敢上床睡觉，站在窗前。

不久又是一道闪电，电光中，他看到有两个人撑着雨伞走了过来，大声叫喊着："小黄老师，小黄老师，开门啊！"

他开门一看，认清来人是自己的一个学生及其家长。他把油灯拨亮，激动地说："哎呀，这么大的雨，你们怎么来了？"

"小黄老师，你刚来不习惯，一个人夜晚太孤单，让小孩来陪你，你晚上讲点故事给他听。"这位家长说，"下雨天买不到菜，这个留给你。"说完他把一袋茄子和辣椒放在桌子上。

"哎呀，你……你，你这是……"黄永腾一时不知该说什么好，心头不由得一热……

转眼间，那垌小学的第一个寒假到了，师生们都回家过年了，学校里一片寂静。

他能去哪里呢？

有的学生家长对他说："小黄老师啊，你到我家过年嘛，多双筷子多热闹点！"大过年的，他最怕麻烦人家，就谢绝了。

父母已经不在人世了，姐姐已经有了自己的家，两个弟弟跟着三叔过年，他一来不愿意给别人添麻烦，二来也没有钱给小孩封红包，俗话说"三十晚上杀穷鬼"，他穿的在身上，吃的在肚子里，没有余钱剩米。

除夕之夜，阵阵鞭炮噼啪作响，此起彼伏。他一个人在简陋的木板房里，不由得想起故乡，想着幼年在家乡过年时，都能燃放鞭炮，然后与父母姐弟一家人围坐桌前，吃热气腾腾的年夜饭，其乐融融。

过年，小孩子最大的娱乐就是放鞭炮。鞭炮声最热闹的时候，就是除夕之夜。村子里不管谁家放鞭炮，只要鞭炮声一响起来，成群的小朋友便飞也似的循着鞭炮声跑去，看着那夜里鞭炮燃放时放出的温暖火光，听着那鞭炮爆开时发出的阵阵噼啪响，回到家里，兴奋得整夜都不想睡觉，便陪着家里的大人围炉守岁。

可是，他回不去了，他已经没有父母了。好在破庙旁的这间十多平方米的木板房，是属于他独自享有的空间。

大冷天，没钱买衣服穿，就裹在被窝里看书。从除夕夜到元宵节，十多天的晚上，他都不睡觉，晚上在煤油灯下读书，白天睡大觉，过着黑夜白天颠倒的日子。

孤独，无边的孤独，袭扰着他，笼罩着他，裹挟着他。没有人来陪，就只能一个人扛起孤独。

这个世上没有绝对的强者，只不过他们痛而不言、笑而不语，不愿意诉说。当走进他们的内心深处，你会发现他们那隐藏着的不为人知的伤口。

一个人孤独熬过漫漫长夜，他只能自己心疼自己；一个人撑起的天地，只能自己感谢自己。感谢那个淌过汗水、流过眼泪，却始终没有放弃、坚守岗位的自己，感谢那个活出了骨气、志气、勇气的自己……

那垌小学离那良镇有 8 公里的路程，来回要一个多小时，一日三餐的米和菜还有其他生活必需品，都要到那里去买。好在他平时省吃俭用，每次到镇上，一买就买能吃一个星期的米和菜。

新鲜蔬菜放不了几天就坏了，怎么办？他专挑便宜又经得吃的咸萝卜。

他每天熬一锅粥，用咸萝卜送稀粥，天天就这么吃，虽然有些单调，但是节省了走路和做饭的时间，也节省了钱。他把节省下来的时间，用来读书学习。

这不由得使人想起北宋初年杰出的政治家、文学家范仲淹划粥断齑（jī）的故事。齑就是腌菜或酱菜，如黄永腾吃的咸萝卜。范仲淹幼年丧父，随着母亲改嫁到朱家。他少年时只身到应天府书院求学，求学期间生活条件非常艰苦。他常等粥冷冻之后，把粥划成若干块，把腌菜切成碎末来送粥。黄永腾觉得自己比起范仲淹来，条件好多了，至少不用吃冷饭。

整个寒假，都是书籍在陪伴着他。书是知识的源泉、智慧的结晶，是人类进步的阶梯。黄永腾每打开一本书，就像聆听老师的教诲，就像推开了一扇认识世界的窗户；每打开一本书，就触摸到一颗颗忧国忧民的心，感受到一个个高尚的灵魂。

有了书的陪伴，这个寒假他并不觉得有多么孤独和寒冷。漫漫长夜，他感受到了温暖。尽管太阳出来得很晚，天亮得很慢，但他心中的太阳公公，早就起床了……

刀在石上磨，人在苦中炼。艰苦是事业的磨刀石，艰苦的生活，能够磨砺人的坚强意志，激励人的斗志。

他记得读师范学校的时候，老师说过，年轻人要勇于吃苦，吃苦对人的成长大有好处。今天多吃苦，明天才能有出息；今天怕吃苦，明天就会有吃不尽的苦头。

他常用中国古代先贤孟子的名言来激励自己："故天将降大任于是人也，必先苦其心志，劳其筋骨，饿其体肤，空乏其身，行拂乱其所为，所以动心忍性，曾益其所不能。"

这段古文翻译成白话文，意思就是：老天将要把重大使命交给这样的人，一定要先使他的内心痛苦，使他的筋骨劳累，使他的身体经受饥饿之苦，使他受到贫穷之苦，使他做事不顺，通过这些来让他的心有所触动，性格坚忍起来，增强他的各项能力。

坚忍，可以使弱者变强，使愚者生智，使痛苦变为欢乐，使荆棘变成鲜花……

熬过了寒假，迎来了开学。学校恢复了往日的热闹，校门口那棵古老的大榕树，换了一身新绿。

树下的半截钢轨，又当当当敲响。

校园里，琅琅读书声和喜鹊般的歌声又响了起来。

# 不再烦恼

20 世纪 50 年代，党和政府提倡知识分子“又红又专”，“红”就是政治素质过硬，“专”就是专业技术水平高超。

黄永腾力求做到“又红又专”。他认识到，语言是人和人之间交流的工具，虽然他在课堂上用普通话教学，但是要更好地在当地工作和生活，必须攻下语言关。

像在学习音乐和图画方面有一定优势一样，黄永腾在语言学习方面也有一种天生的敏感，有一定的天赋，而且也有很浓的兴趣爱好和热情。读师范的时候，他的语文成绩就特别好。

读师范时，教语文的老师说过，语言是环境下的产物，有什么样的环境就有什么样的语言。他领悟到：世界上所有的语言，离不开三个要素，一是语音，二是词汇，三是语法。学语言抓住了这三个要素，就等于牵住了牛鼻子。

他利用一切机会跟当地人交流，听他们说，跟他们说，不懂就问，渐渐就掌握了一些规律，不久就能够用侄话和当地人交流了。

攻下语言这道难关，剩下的问题就是，他这个“娃仔老师”如何让学生和家长接受和信任。

师范学校有句话：“老师想要给学生一碗水，自己要有一桶水。”那意思是，老师的知识储备要足够，才能教好学生。

黄永腾觉得这句话也不全对。在他看来，一桶水实在太少了，三下两下就舀完了。

那垌人有句话：“半桶水淹死人。”意思就是，学问不到家的“半桶水”老师，会害了学生，误人子弟。

苏联教育家苏霍姆林斯基在其著作《给教师的一百条建议》中说：“每天不间断地读书，跟书籍结下终生的友谊。潺潺小溪，每日不断，注入思想的大河……在你的科学知识的大海里，你所教给学生的教科书里的那点基础知识，应当只是沧海之一粟。”从这段话里黄永腾认识到，教师的思想应该是一条大河，教师的知识应该是一片大海。他想到自己还年轻，一时半会儿做不到，但应该朝着这个方向走。

困难像弹簧，看你强不强，你强它就弱，你弱它就强。

这天上音乐课。因为有三年的师范专业训练，加上在备课环节也下足了功夫，他打破了往日上课时紧张的场面，自信地在黑板上写下了歌名《劳动最光荣》，说：“同学们，今天我们的音乐课来学唱这首歌。”

那时没有正式的音乐课本，条件好的学校用钢版刻印讲义发给学生，在那垌这样的山村学校，全凭老师现场教学，口传心授。

他在黑板上写下歌词：

太阳光金亮亮，
雄鸡唱三唱，
花儿醒来了，
鸟儿忙梳妆。

小喜鹊造新房，
小蜜蜂采蜜糖，
幸福的生活从哪里来？
要靠劳动来创造。

青青的叶儿红红的花，
小蝴蝶贪玩耍，
不爱劳动不学习，
我们大家不学它。

要学喜鹊造新房，
要学蜜蜂采蜜糖，
劳动的快乐说不尽，
劳动的创造最光荣。

他一笔一画地写好歌词，回过身来说："现在，大家看着黑板上的歌词，我先唱一遍给大家听，然后我唱一句，同学们跟着唱一句。"

他正要开口唱，看到满教室的学生都在望着他，交头接耳，嘻嘻哈哈，就问道："好，现在我是你们的好朋友，好朋友要给你们唱歌了，想不想听啊？"

"想听！"学生们异口同声地回答。

"那么，请你们听我把这首歌完整地唱一遍。"黄永腾说。

那时没有录音机可以放给大家听，教室里也没有脚踏风琴，只能清唱。这很考验教师的演唱水平。正所谓艺高人胆大，他一开口，就把教室里的学生们镇住了。清亮的嗓音、鲜明准确的节奏和欢快活泼的情绪感染了学生们。

"现在呢，我唱一句，你们跟着我唱一句。"黄永腾说罢，便开口唱，"太阳光金亮亮……"

学生们服了，老老实实地跟着黄永腾唱："太阳光金亮亮……"

学生们跟着他唱完了。他感情充沛地朗诵了一遍歌词，接着讲解道："劳动最光荣，劳动是一种快乐，幸福生活要靠劳动创造。我们今天在课堂上学习，也是一种劳动，是脑力劳动。所以，朋友们也很光荣！"

他见学生们听得饶有兴趣，信心大增，请那个曾经大胆问自己多少岁的学生到台上来配合自己。

他指挥那个学生拍双手，自己则轻轻拍打讲桌，一会儿快，一会儿慢，一会儿重，一会儿轻。

师生互动完了，他让这个学生回到座位上，问学生们："老师和这位同学的拍手和拍桌，声音是不是有变化啊？"

"声音大小不同，快慢也不一样。"有学生回答道。

"对，同学们，这就是节奏。今天我们来搞清楚什么是节奏。节奏，就是有规律的声音。声音的速度有快有慢，音调有高有低，音量有大有小。比如，这首歌的节奏是二二拍，强、弱，强、弱，强、弱……每个小节都是由一个强拍、一个弱拍组成的。音乐跟我们的生活有很大的关系，所以我们要学习音乐。生活中声音的大小，就是音乐中的强弱，那么，请同学们想一想，在我们的生活中，哪些动物发出的声音大，哪些动物发出的声音小，像音乐这样强、弱，强、弱的呢？"

"狗叫声音大，猫叫声音小。"

"牛叫声音大，鸡叫声音小。"

"鸟叫声音大，蜜蜂嗡嗡声音小。"

……

学生们踊跃发言，黄永腾的讲课渐入佳境。他进一步鼓励和启发学生们说："同学们说得对，继续想一想，大胆说，生活中除了动物，还有哪些东西发出的声音是这样大小不同的呢？"

"打雷的声音大，下雨的声音小。"

"放鞭炮的声音大，瓶子碎裂的声音小。"

"发洪水的声音大，小河流水的声音小。"

“唱歌的声音大，说话的声音小。”

“跑步的声音大，走路的声音小。”

……

学生们越说越多，大有一发不可收之势。黄永腾见差不多了，就说：“同学们很聪明，生活中、劳动中都有节奏。比如在打铁铺里，师父拿小锤，徒弟拿大锤，当、当、叮，当当当、叮，那就是节奏。现在，我们来做强弱节奏的游戏。强拍的时候我们拍手，弱拍的时候我们轻轻拍打桌子，请大家跟着我做……”

他有意把节奏练习说成是节奏游戏，巧妙地提高了学生们练习的兴趣。

学生们跟着黄永腾，举起双手拍掌，放下双手轻轻拍打桌子，一强，一弱，一强，一弱，如是再三，快乐无比。

“同学们做得很好，通过这个游戏，你们知道什么叫作节奏了吗？”

“知道了！”

“同学们，我们看一看，想一想，这首歌里，出现了哪些爱劳动的小动物呢？”

“小喜鹊，小蜜蜂！”

“还有公鸡！”

“同学们说得很对，他们爱劳动，很可爱，又有哪些动物不爱劳动呢？”

“贪玩耍的小蝴蝶。”

“对啊，小蝴蝶不爱劳动，不可爱。同学们，那些可爱的爱劳动的小动物，做了哪些劳动呢？”

“小喜鹊盖新房。”

“小蜜蜂采蜜糖。”

“大公鸡唱歌打鸣。”

“对，它们爱劳动，我们要向它们学习。”

这时，校门口榕树下挂着的半截钢轨当当当敲响了，那是学校下课的铃声。

“同学们，再见！”

“老师再见！”

一堂寓教于乐的音乐课，在余兴未尽的告别声中结束了。

成功之花，是辛勤的汗水浇灌出来的。台上一分钟，台下十年功。黄永腾为了教好每一堂课，下足了功夫。

渐渐地，学生们喜欢上了黄永腾，他们很乐意跟黄永腾交朋友。

学生和家长也一改原来的“娃仔老师”的称呼，叫他“小黄老师”。

小黄老师在教学中展示了教师的魅力和实力，赢得了学生和家长的信赖和认可。

小黄老师不再烦恼了。

师生的关系融洽了，一些学生家长在开学之后，晚上都叫小孩到学校陪伴小黄老师睡。

他那间十多平方米的木板房里，夜里睡了十几个学生，他的被子被踢了一个大洞。有时学生尿床，把被子尿湿了，他在晴天拿被子到外面去晒，学校的老师见了，打趣说：“小黄老师，你怎么洗被子啊，被子不能洗的，洗了不暖和。”

当地群众有的给他送咸菜，有的给他送红薯干。他们喜欢到小黄老师的房间里坐一坐，这里有报刊和书籍，小黄老师也乐意给大家画画、唱歌、吹笛子。

学校附近有个铁匠铺，铺里有个铁匠吹笛子吹得很好听。每天吃完晚饭，小黄老师就去跟他学。铁匠说：“小黄老师啊，学得会，讨得累，你多学一样，就多一分辛苦。”

小黄老师说：“我不这样看，艺多不压身。多学一样，多一种快乐。我不光要学笛子，还要学二胡、学弹琴。”

铁匠听他这样说，很欣赏这个谦虚好学的小黄老师，便将自己掌握的吹笛技巧毫无保留地教给他。

# 自己动手快乐多

那时，山村里没有幼儿园，更没有学前班，那垌山村也不例外。

小学生的书包不是现在的双肩包，而是单肩斜挎包，很多家庭买不起书包，都是母亲给自己孩子手工缝制布书包。

书包里装着语文及算术课本、一块写字的小石板、几根石笔，还有碎布条卷起做成的石板擦。小小的写字石板，可以反复用，写了擦，擦了写，比用纸笔省钱多了。

据说，作为一种生活态度，在欧美风靡已久的DIY（自己动手做），如今已经渗透到中国部分人群生活的各个方面，彰显着现代人独特的个性和审美情趣。

其实，早在20世纪50年代，在偏远山村那垌小学的小黄老师，就已经带领学生们，乐此不疲地DIY了。

小黄老师把学生当作自己的朋友，学生们把他当作自己的哥哥，他带着学生自己动手做了许多生活用品和玩具，花样繁多，比如竹子做的筷子、勺子，男孩子玩的滚铁环、风筝、竹蜻蜓、高跷、陀螺等，女孩玩的橡皮筋、鸡毛毽子、袖珍沙包等。

说到游戏，男孩子要比女孩子玩的花样多得多，斗蛐蛐、粘知了、捉天牛等，都是男孩子们放学以后的常规活动。做蛐蛐笼、熬炼粘知了的胶油，这些很细致的技术活，小黄老师教学生自己动手就搞定了。那时，似乎人人都心灵手巧。

女孩子玩的游戏跟男孩子的不一样，她们玩的多是跳房子、跳橡皮筋等。

跳房子，是在地上用滑石画好简单的房屋格子，放瓦片或小石子在那格子里，单腿跳着踢它走，谁先走完格子就算谁赢。

跳橡皮筋，是两个女生一人一头，脚分别缠着橡皮筋拉开一定距离，让一个同学在那上面跳，一边跳一边唱口诀："一二三四五六七，马兰开花二十一，二五六,二五七,二八二九三十一,三五六,三五七,三八三九四十一……"

玩这些游戏其实也是上体育课，锻炼人的运动平衡能力。

虽然物质匮乏，但小黄老师和学生们却是那样的乐观，那样充满想象力和创造的激情。有时手指被雕刀划破出血了，就放在嘴里撮一下，也不吭声，也不觉得有多疼。

学校里老鼠很多，小黄老师就自己做捕捉老鼠的工具。他在屋子里放置一个木盆，在木盆下面放些细碎的红薯渣，用一根绑着绳子的小棍支在木盆的边沿，手牵着绳子的另一头并藏起来。

他耐心守了几个晚上，终于有一次得手了。当看到老鼠吃红薯渣时，他迅速把绳子一拉，木盆就扣住了老鼠。在当时的山村，老鼠可是上好的荤菜，烤着吃、烧着吃、炒着吃都可以，那是正宗的野味。

小黄老师上课下课都与学生们在一起，语文课教他们写字，音乐课教他们唱歌，体育课带他们踢毽子，图画课教他们画画。

那时粮食紧张，为了节省体力，很多学校的体育课都停了，但是小黄老师坚持带着学生们踢毽子。

体育课的毽子，也是 DIY 的。他让学生事先准备鸡毛，用橡皮筋把鸡毛扎好，穿在铜钱里，把胶皮剪成圆形垫在铜钱下面，鸡毛毽子就做成了。

做鸡毛毽子时，小黄老师不忘传授物理常识。他一手拿着鸡毛，另一只手在身上不断摩擦鸡毛，直到鸡毛发热，他对学生说："看好啦，这叫摩擦生电。"

只见他说道："鸡毛鸡毛乖乖，鸭毛鸭毛乖乖，叫你东歪就东歪，叫你西歪就西歪，叫你磕头就磕头，叫你弯腰就弯腰，叫你贴墙就贴墙，叫你跑马就跑马，鸡毛飞呀——飞呀——飞！……"发热后有了电的鸡毛，像是听从小黄老师的指挥，一会儿东歪，一会儿西歪……

手工课他亲手教学生用纸折飞机、折青蛙。最有趣的是，他能让折好的纸青蛙弹跳到指定的碗里。

他给学生们一步一步做示范，一边折一边讲解："拿一张纸先折好四个三角形，作为青蛙的前腿和后腿，再把这四个三角形翻转过来，再折其中的两个三角形到中间，形成青蛙的脊椎。然后，把两翼塞到三角形里，固定好。最后一步，在青蛙屁股的地方折个弹簧。青蛙折好了，再画两只眼睛，让它生动一点。"

学生们跟着他一步一步折好青蛙。他说："现在，我要这只青蛙服从命令听指挥，要它跳到哪里，它就跳到哪里。"

学生们睁大眼睛，看他如何让纸青蛙跳到准备好的搪瓷碗里。

小黄老师边轻轻按着纸青蛙的屁股边说："看好啦，我一按它的屁股，它就乖乖地往碗里跳。"

果然，纸青蛙跳进了碗里。

学生们见了，都觉得好神奇。

小黄老师得意地拿起碗，说："有个成语叫井底之蛙，我们这只青蛙叫作碗底之蛙。"

小黄老师每堂课都有自己的设计，让学生们在学中玩，在玩中乐。学、玩、乐之中，学生掌握了知识，也拉近了师生之间的距离，增进了师生之间的感情。

如何让学生喜欢上课、认真听课？有趣是首要因素。如何把课上得有趣，成了小黄老师备课的重点。

小黄老师教语文课的时候，也想出了自己的一套行之有效的记忆方法。如教学生识字认字，有一些字学生记不住、记不牢，他就把这些字分解开来。

比如“硬”字，他拆开来说，左边一个“石”，右边一个“更”，“石”加“更”等于“硬”，硬、硬、硬，硬邦邦的“硬”。“软”字，他说左边一个“车”，右边一个“欠”，“车”加“欠”等于“软”，软、软、软，软塌塌的“软”。“辣椒”二字，他说“辣”字左边一个“辛”，右边一个“束”，“椒”字左边一个“木”，右边一个“叔”，“辛束”为“辣”，“木叔”为“椒”。

如此这般，学生们觉得有趣，喜欢听，记得牢。

日子像老鼠一样悄悄溜走，天真烂漫的小黄老师带着一群天真烂漫的学生，玩得花样百出，玩得尽兴投入，玩得自由自在，他们的学习时光是那么的开心。

# 爬上高高的铜鼓岭

1956年的六一儿童节是小黄老师走上教师岗位后的第一个六一儿童节，作为中国少年先锋队（简称少先队，1953年由中国少年儿童队改名而来）辅导员，他组织策划了六一儿童节当天的少先队活动，也邀请了积极入队但尚未能入队的学生参加。

这次活动的目的，是把课堂搬到校外去，让学生们在节日游玩中亲近自然，了解自然，学到书本上学不到的知识。

六一儿童节这天一大清早，40多个学生背着干粮和水壶，在校门口那棵大榕树下集合。

辅导员小黄老师戴着红领巾，看上去跟他面前的小学生们年龄、个子都差不多。

他在出发时说："我们今天去爬铜鼓岭，翻山越岭，可能有些累，但是会很值得的。我们可以看到好风景，这些风景，爬上山才能看到。站得高，才能看得远，登高望远。"

"小黄老师，为什么叫铜鼓岭，不叫锣鼓岭呢？"有学生问道。

“铜鼓岭名字的来历有两种说法：一种说法是，整个山岭的形状像一个大大的铜鼓，所以叫铜鼓岭；还有一种说法是，传说汉代伏波将军马援征伐交趾的时候，路过这个山岭，遗留下铜鼓，后来有人挖得铜鼓，所以叫铜鼓岭。不管哪种说法，都跟铜鼓有关。”小黄老师耐心地解答。

“我们能够挖到铜鼓吗？”又有学生问。

小黄老师说：“马援将军的故事发生的时代离现在有上千年了，哪里还有铜鼓？即使有，我们也要好好保护，因为铜鼓是壮族有代表性的文化遗产。现在，我们唱《快乐的节日》，出发吧，小鸟在前面带路，预备，走——”

小鸟在前面带路，
风儿吹向我们。
我们像春天一样，
来到花园里，
来到草地上。
……

40 多个学生，踏着歌声出发了。

山上有蛇，小黄老师必须保证学生的安全。他在前面开路，一边走一边用一根竹竿拍打草丛，还告诉学生，有个成语是形容这个动作的，叫“打草惊蛇”。

走在山上弯曲的小路上，一路能听见各种鸟儿的叫声，有婉转甜润的画眉、有咕咕咕咕的斑鸠、有叽叽喳喳的喜鹊、有哇啦哇啦的乌鸦，还有喔喔喔喔的山鸡，它们好像在比赛唱歌，积极性一个比一个高，你不让我，我不让你，较着劲呢。

如果说，画眉用的是美声唱法，山鸡用的是民族唱法，喜鹊用的是通俗唱法，那么，斑鸠和乌鸦用的则是原生态唱法了。

小黄老师问：“你们说，笛子独奏《荫中鸟》的曲子好听，还是树林里的鸟儿叫声好听啊？”

“都好听。”

“还是笛子吹得好听。”

小黄老师说：“对，各有各的好听。树林里的鸟叫声来自大自然，笛子曲里的鸟叫声来自艺术创作。”

一路上，小黄老师见啥说啥，一来是消除旅途的疲惫，二来是给他们传授知识，这正是此次活动的重要目的。

小黄老师在践行著名教育家陶行知先生的教学理论：生活即教育，社会即课堂。

爬上山岭，层峦叠翠，古木参天。小黄老师让学生们歇一下，大家坐在草地上，吃红薯，喝水。

吃红薯是孩子们六一儿童节过节才有的待遇，平时家里的父母会把红薯切成条状，煮熟晒干之后，把红薯丝放在稀饭里一起吃，这样肚子会感觉饱一点。那时有句流行语叫作“细水长流，吃穿不愁”。

这时，太阳从厚厚的云层里钻出来了，霞光万丈，气势磅礴，云蒸霞蔚，层林如洗，榕树和松树在晨光映照下，格外苍劲翠绿。

山鹰在头顶上盘旋，一会儿扇动翅膀，一会儿停住翅膀滑翔，它黑色的羽毛在阳光照耀下，闪着金光。小黄老师和学生们的目光跟着山鹰盘旋。

山鹰飞翔了一阵，可能有些累了，就收起翅膀，停在山崖边的一棵榕树上。哦，榕树，他们不约而同都看到那棵山崖边的榕树。

山崖边的榕树与校门口那棵榕树不同，它的根须扎在岩石的缝隙中，气根在风中荡来荡去，枝条伸展，举向空中。

小黄老师指着榕树说：“你们看，榕树的根扎在岩石缝隙中，没有多少土，它也能生长，大家说说看，榕树这种植物的品格是什么？”

他见学生们答不上来，就说：“它的品格就是两个字——坚强。我们学校门口也有一棵榕树，它的品格也像山崖边的榕树一样坚强。我们少先队员，今天爬山不怕苦不怕累，就是向榕树学习，我们也要有坚强的品格。”

他和学生们一路有说有笑，一直爬到了山顶。

山风扑面，令人心旷神怡。

学生们一下子都不觉得累了，他们俯瞰山下的时候，发现很多东西比他们平时在山下看的时候小了。

小黄老师告诉学生们，登上山峰，环顾四周，可以看到一山更比一山高。

他指着前面的山坳，说："同学们，你们看到下面的路了么，从这里走出去，翻过几个山头，再往前走，就能看到大海了……"

# 星夜家访

那时小学的学制是六年制，分为初级小学和高级小学，初小、高小各三年。初小、高小皆有的小学叫完小，那垌小学属于完小。

学生每周近 20 节课。小黄老师开始时是那垌小学一年级的班主任，教语文、音乐、体育、图画四门课。

学生的人数是个变数。有的学生今天来了，明天因为家庭困难就辍学了；有的学生经过老师上门家访，听从劝说又回校了。

有些学生从家里到那垌小学，要过一条江。那时没有桥，渡船要收费，两分钱一个人，有些贫困家庭拿不出这两分钱，所以有的学生就来不了学校。小黄老师便去家访。

小黄老师对辍学学生的父母说："只要学生来学校上课，渡河的钱我来出。"

一些辍学的学生因此陆续回到了学校。

小黄老师当年在那垌小学教的学生，与他年纪差不多。家住那良镇其批村的彭纪元，2018 年笔者去采访他的时候他已经 79 岁了，同一个村的凌立凤也已经 75 岁了，他们说起小黄老师，一个个眉飞色舞，仿佛回到了小学时代。

谈起那个年代，他们深入骨髓的记忆就是饥饿、饥饿、饥饿。

那时的山村，没有电灯，不通公路，更不要说有什么家用电器了。由于生活困难，小学生除了读书，还要经常帮父母上山砍柴，下地做农活，这也算是山村的孩子除功课外的一项基本作业了。

随父母下地干活，身上背着一个竹筒，竹筒里装着几个红薯和可照出人影的玉米粥。这是全家人一天的食物，饿了全指望它。在那九分石头一分土的山旮旯里，能吃上一口红薯、喝上一口玉米粥，便是莫大的满足了，能吃饱肚子更是很奢侈的事情。

小黄老师刚来那垌小学时，每月工资只有 18 元，他还要资助他的弟弟读书，日子过得十分拮据。虽然学校有食堂，但是粮食不够，16 岁的他正在长身体，根本吃不饱。即使是这样，他还是从牙缝中挤出自己的口粮，接济自己的弟弟和生活更加困难的学生。饿得实在受不了了，他就自己跑到山上去挖野菜，到河里去捞小鱼和螺蛳来充饥。

学校里原来有 8 个老师，后来有一个老师不辞而别，就只剩 7 个老师了。

那个不辞而别的老师姓周，个子大，饭量也大，饿得连说话的力气都没有了。某天夜里，他偷偷离开了学校，从此如泥牛入海，杳无音信。

那个时候每人每个月 24 斤口粮，逢年过节多一些，有粮票才能买粮。那时生产力落后，粮食产量很低。

所以，在粮食短缺的时候，人们便开始上山挖山薯吃，山薯挖完了，就挖野菜，野菜挖完了，就找能吃的树叶。

在这种艰苦的条件下，当时 12 岁的凌立凤读到二年级就面临辍学。她的母亲因病去世，父亲为了养家糊口，经常要去给人做木工，家里需要劳动力，不然就没饭吃，她只好回家干农活。

一些农民有重男轻女的思想，想着女儿将来总要嫁人的，认得几个字就可以了，所以女孩子的辍学率很高。

班主任小黄老师见凌立凤没来学校上课，心里着急，当天晚上就赶往她家所在的其批村。

这天晚上下着小雨，泥巴路又湿又滑，他深一脚浅一脚地在黝黑的山路上走着。

这时，他脑海里浮现苏联电影《山村女教师》中的画面：那个女教师，一个弱女子，在那落后闭塞的山村，全然不惧凶恶的匪徒和愚昧暴力的村民，甘冒风险，走村串户动员学生们来校上课。比起她来，自己这点困难不算什么了。

他边走边想着怎样劝说凌立凤返校。

来到了凌立凤家门前，映入他眼帘的是一间低矮的泥巴屋子，院子里杂乱地堆放着柴火。他站在院子外面往里看，只见屋里油灯昏暗，就喊了一声："凌立凤在家吗？"

她的父亲出来，见到稚嫩的小黄老师，先是一愣，接着马上就明白了他的来意，问道："你是要找她回去上课吗？"

"是啊！"小黄老师赶快答道。

凌父是一个老实巴交的农民，年纪虽还不到40岁，却满脸皱纹，面容憔悴，两道眉毛中间有一条深沟。

凌父客客气气地招呼小黄老师进屋坐下，拿出旱烟袋，装上一袋烟吧嗒吧嗒抽着，脸上浮现一丝苦笑，摊开两只老姜似的手，说："小黄老师，真是难为你了，立凤不是不想读书，是没法读书了。"

小黄老师指着凌立凤说："她还是个小孩子，再苦也要读书，起码读完小学，不要耽误她啊。不然，她以后怎么办？"

"唉，以后的事，以后再讲了，唉——"凌父长叹一口气，说，"不瞒你说，我们家快要揭不开锅了。你来看看！"

他拉着小黄老师走进厨房里，只见里面一把米、一瓶油都没有，灶头放着米糠、秕谷、树叶、芭蕉头、芭蕉心等混合物——这些不是猪饲料，而是人吃的食物。

小黄老师心头不由得有些酸楚，说道："你家生活有困难，我们一起来想办法，我每个月有 20 多斤米，可以省点给她。读书要紧，还是让凌立凤回校来读书吧。”

凌立凤把父亲拉到一边，说了小黄老师已经省下自己的口粮给弟弟和其他贫困学生的事。凌父听了，说：“多谢了，小黄老师，这年头你也不容易啊。立凤不能吃你的粮食了，你的好意我心领了。”

见她父亲说不通，小黄老师只好对凌立凤说：“你想不想将来有出息呢？想不想跟同学们在一起读书认字，在一起唱歌做游戏呢？”

“我……我……”凌立凤不知如何是好，眼巴巴地望着父亲。

凌父对女儿使眼色，示意她走开，然后对小黄老师说：“小黄老师，你吃饭了吗？若是不嫌弃在我家吃吧。”

小黄老师怎能在生活困难的学生家中吃饭，从学生口中夺粮呢？于是只得赶紧告辞。临走，他还不放心，又回头叮嘱凌立凤一句：“明天到校上课啊，老师和同学都在等你！”

第二天，仍然不见凌立凤来。过了几天，小黄老师继续上门劝说凌立凤返校，又一次无功而返。

从此，凌立凤再也没来上学。

这事已经过去 60 多年。

一提此事，黄永腾就觉得遗憾。

一提此事，老年的凌立凤就对老师充满了感激，说老师已经尽心尽力了，是自己对不住老师。

那段时间，类似的家访成了班主任小黄老师的常规活动。几乎每个晚上他都披星戴月，到村里学生家中苦口婆心劝说：“还是要读书啊，现在不读书，你们以后会后悔的。既然来了学校，老师就要对你们负责到底，不能让你们荒废了学业啊。”

学生辍学，归根结底，理由很简单：家庭太困难了，连温饱都不能满足，如何来学校上学？

为了让学生填饱肚子，小黄老师利用课余时间，带着学生挖野菜，野菜越挖越少，他就去找那些能吃的树根。

一天，他发现野地里长着一种面包木薯。他心里高兴却又没底：这东西万一有毒，吃了死人怎么办？不能让自己的学生冒险去吃，他必须自己先吃，吃了没有事，才能推广普及，让大家来吃。

他挖了这种木薯回去，试着先把它放在水里面泡，去掉它的毒素，再去皮，拿来蒸熟煮透再吃。这样吃了几次，安然无事。这下他放心了。

他带着学生到山里去挖面包木薯，让学生兜回家去照着他的方法做。面包木薯淀粉多，既能填饱肚子，又有丰富的营养，学生和家长吃后，饥饿感减轻了，人也精神了许多。他们很高兴地说："还是小黄老师有办法！"

找到了填饱肚子的方法，小黄老师长了力气，也长了信心，于是又到村里去家访，总算陆陆续续劝回了一些辍学的学生。

真应了那句老话：苍天不负苦心人。

# 惜别那垌

俗话说，铁打的营盘流水的兵。1959 年夏天，教育部门把小黄老师调到了那良小学。

在那垌小学 4 年多的时间，1500 多个日日夜夜，说短也短，说长也长。

说短，小黄老师觉得只在转瞬之间，他和心爱的学校、心爱的学生，还有校长和老师们，好像刚刚认识就要分开了。

说长，小黄老师在这里吃了多少咸萝卜干，喝了多少稀粥，淌过多少思亲的泪滴，度过了多少孤独的漫漫长夜。

这些艰难又快乐的时光，让他长了见识，磨炼了意志。

接到调令，小黄老师在离校的前一天夜里就收拾好了行李。行李很简单，就是毛巾、口盅和几件补丁摞补丁的换洗衣服，还有经常阅读的枕边书。

他把大部分的书籍留给了那垌小学，学校不能没有图书。没有树的风景区不能叫风景区，没有图书的学校不能叫学校。书是孩子们的精神食粮，这是他用从牙缝里抠出来的钱买来的，当初买来，也是为了让学生们阅读的，如今就留在这里吧。

第二天，他背上行李，望一眼自己住了四年多的木板房，心里感谢它这些年来的默默陪伴。从今往后，这间木板房也算是学校的阅览室了。

当小黄老师转过身去，眼前的一幕让他呆住了。原来，校门口大榕树下，校长、老师和学生们，还有一些学生的家长，都站在那里等着给他送别。

道不尽的离别之情。

小黄老师看到，他的学生脸上写满了伤感和遗憾。

那个写生僻字让小黄老师辨认的老者，也来送别了，他的山羊胡子颤抖着，一把拉住小黄老师的手，说："小黄老师常来信，一路保重啊。"

"我会的，我会再来看你们。请回吧，不要耽误了上课！"小黄老师说道。

他向大家挥挥手，送别的人们也朝他挥手，祝他一路平安。

小黄老师动身离去，走了几步，突然听到"哇"的一声大哭，他忍不住回头，看到很多学生眼里噙着泪水。

一步三回头，回头双泪流。

泪水，模糊了小黄老师的视线……

他一路走，一路寻思：离开那垌小学，山村教师生涯仍在继续，只是从一个学校走向另一个学校，从一个起点走向另一个起点。在那垌小学四年多，如果用这个时间来读本科，也该毕业了。感谢那垌小学，感谢生活。

四年多的时间里，他在学中教，在教中学，教学相长，学到许多学校里学不到的东西。

在那垌小学这四年多，他长大了，成熟了，有底气了，什么样的艰苦都不怕了，什么样的困难也难不倒他了。

人过留名，雁过留声。黄永腾离开了那垌，他的学生至今还记得他，也时常谈起他。

前些年，黄永腾的一个学生的小孩脚骨折了，这个学生便请黄永腾帮忙寻医。黄永腾听说那垌有个叫黄六的老中医，骨科医术高明，就与这个学生带着小孩去了。

到了那垌一问，得知黄医生上山采药去了，他们只好在诊所里候着。

两个多小时过去了，忽然一个老人走进来，放下背上的背篓，就抓着黄永腾的手不放，激动地说："黄老师啊，你不记得我了？我是那垌小学50年代的学生啊。你以前救过我，你还记得吗？"

黄医生谈起，当年他读那垌小学时，和一个同学跑到那良圩的电影院去蹭电影，没钱买票，他们就打歪主意，从电影院旁边的水沟钻进去，结果被电影院工作人员发现了，工作人员要求他们补交电影票钱，否则就不准他们离开。黄永腾得知此事，就帮他们每人买了5分钱一张的电影票，给他们解了围。

令黄永腾诧异的是，这件不足挂齿的小事，黄六竟然还记得那么清楚。

60多年过去了，学生们至今还记得，黄永腾带着他们一起走过的崎岖山路，一起爬过的铜鼓岭，一起度过的艰难岁月，一起在艰难困苦中走向希望。

# 来到那良

防城一带以“那”字命名的地名特别多，如那垌、那良、那梭等。“那”字是什么意思呢？“那”在壮语中意为“水田”。壮族先民开垦稻田，种植水稻，足迹遍布防城一带，所以这里就有了许多以“那”字命名的村镇。

离开那垌小学后，黄永腾来到位于那良公社（今那良镇）的那良小学。

那良又叫榕树垌，在清代时被称为澌凛垌，几百年来商业繁华，是边陲重镇。

一个多世纪前，在以水运交通为主的年代，北仑河、那良江是一条黄金水道，货物多走此道。于是，那良就成了水上交通枢纽，成了货物集散地，是防城地区的政治、经济、文化、交通中心。

这里还是刘永福、林俊廷、陈济棠等著名人物的故乡，是广西防城港著名的侨乡。

当地人习惯称那良为那良圩。那良是三天一圩。每逢圩日前夜，街上客栈都住满了外地客商。上思、那垌、滩散、板八、马路、扶隆等地的人也来赶那良圩，他们在圩日卖完八角、肉桂等货物之后，又买盐等生活必需品挑回去。从海边的东兴、江平以及从越南来的客商用船运载鱼、虾、蟹等海鲜来卖，再买些米、木薯粑等货物回去。边民们相互做生意，语言相通，交流接触多，中越边民通婚的现象也比较普遍。

黄永腾在那垌小学时，每隔十天半个月就来赶那良圩，买米、菜及油盐，也买一些学生喜欢的图书。

那良小学位于那良街上的林氏宗祠旧址，前身为清光绪五年（1879 年）林氏家族所建的澌凛学堂。与那垌小学安静的环境不一样，那良小学被店铺和作坊包围着。

小学球场的对面是上约街，街上有一道闸门，闸门的三堵墙高约四米，是那良圩的街门，上方木牌刻着“那良圩”三个大字。

闸门两旁有十多间矮小的土坯房，有几间作坊，作坊做些豆腐、萝卜干、酱菜等；有几间铺子，卖些杂货和小吃。这些作坊和商铺，一直延伸到上约街的街头。

小学不远处，有座三圣庙。庙门前有一大片空地，平时供人游玩聚集、谈天说地，圩日用来做交易场所。

刚来到那良教书时，黄永腾常常上街随便走走，漫步在街上铮亮的石板路上，想象着这里不知留下了多少商旅的足迹。

车路街，顾名思义，这条街是用来行车的。街道地面铺的是花岗石，因年代久远，已经凹凸不平。街上住的多是拉船夫、码头挑夫等，所以房子多为低矮简陋的篱笆房。

他边走边看，发现江宁街、榕木街与老旧的车路街形成鲜明对比。江宁街、榕木街的街道两旁是一栋挨着一栋的法式楼房，富丽堂皇，展现了当时的豪门气派，给镇上平添了许多异域风情。

这些楼房的主人多是从广州、香港、澳门甚至国外做官或经商归来，他们财力雄厚，见多识广，在当地有许多铺面。

那良人跟那垌人一样都讲俇话。在黄永腾看来，虽然这两个地方说的是同一种语言，但在口音上还是有区别的。

黄永腾听说，那良人有文艺细胞，能歌善舞，所以当地的文化生活异常丰富，“吹拉弹唱，棋牌画像”，民间娱乐活动多姿多彩。

他还听说，那良街上有一批老一辈的民间艺人，比较知名的有老丁伯、包五哥、三美叔、陈瑞英阿婶、凌同等人，这些人吹拉弹唱样样精通。老丁伯演唱的粤曲，包五哥自拉自唱的山歌小调，三美叔弹奏的秦琴，都为当地人所津津乐道。

20 世纪 50 年代初期，那良街上就有了第一支业余粤剧团队，隔三岔五为大家表演传统粤剧。

汽灯打亮，帷幕展开，权当舞台的舞美灯光；锣鼓鱼梆敲响，咚咚、隆咚、嚓咚嚓，三弦弹拨，二胡拉起，算是小乐队伴奏了。

每当听到熟悉的乐曲奏响，街坊邻舍就搬来高椅矮凳将台下围得水泄不通，热闹的场景引得石板街上的行人也纷纷停下脚步观看。

这里的客家山歌，也唱得荡气回肠：

客家山歌美名扬，
情深意切韵味长，
字字唱出郎心事，
句句唱进妹心肠。
……

黄永腾每次在那良街上徜徉，见到此情此景都兴奋不已。

近水知鱼性，近山识鸟音。黄永腾想，这样的环境，这样深厚的民间文艺土壤，最适合在那良小学组建一支红领巾文艺队伍了。

来到那良，黄永腾没有忘记钦州师范学校毛校长叮嘱他的事，刘永福故居就在那良圩边的大坡村，如果有机会一定要前去瞻仰。到那良小学报到之后，他便特地到刘永福故居走访。

有道是，处处留心皆学问。情感丰富、善于思考的人，不仅能在书本上阅读，而且也能从无字句处阅读。

读大山，可以读到它的厚重和包容；读大海，可以读到它坦荡宽阔的胸怀；读太阳，可以读到它普照万物的无私；读春雨，可以读到它润物无声的柔情；读白云，可以读到世事变幻、波诡云谲……

黄永腾访古寻幽，凭吊英雄，也希望从此地汲取精神力量。

他走进大坡村，目光便被村头的那一口老井吸引住了。那井不知有多少年岁了，井壁有无数道深深的凹槽。那是人们长年累月在井里打水，用水桶绳索勒的，这就叫"绳锯石断"。

走进村里一条两米多宽的小胡同，就到了刘永福故居。据《防城县志》记载，该建筑建于清光绪二年（1876 年），至今已有百余年。故居坐东北向西南，进深 20 多米，两层砖瓦结构，房屋占地面积 600 多平方米。

故居的房子分两进共十间，中间是大厅，天井两侧是厢房。那时，刘永福故居还未被很好地保护起来。

由于年久失修，故居房屋漏雨，地面潮湿，墙脚和地面长满了绿苔。但雕梁画栋依然可见，大门屋檐下书写着《三字经》"人之初，性本善"的字迹也还算清晰。阳光打在屋檐残存的几片琉璃瓦上，折射出一片金光。

黄永腾看到故居屋檐下的石头，有的已经被雨水滴穿了。这是货真价实的"水滴石穿"。

水是多么柔软啊，石头是多么坚硬啊，可是柔软的水居然能滴穿坚硬的石头。为什么呢？想来想去，水能滴穿石头，无非是三个原因，一是水有重力，二是水滴的时间长久，三是水的目标始终如一。

他对柔软的水产生了深深的敬意。但那时的他并不知道，他的一生也会如同水滴一般，用微弱的力量，持之以恒、一点一滴地浸润着防城港这座边城的教育事业。

走进堂屋，只见内里杂乱地堆放着木柴和残旧的家具，房间屋顶的瓦已残缺，露出了天穹，天井两侧厢房的内墙也已坍塌。有人在故居后院里养了鸡鸭，鸡鸣鸭叫的声音充满了乡村的生活气息。

刘永福故居的房屋破败了，他的英名却永留人间。斯人虽已逝，千载有余情。

黄永腾听村里的人说，刘永福小时候叫刘二，家境穷苦贫寒，为了生计，多次搬家，一家人靠种地勉强度日。

刘二为了减轻家庭的经济负担，小小年纪便去河上拉纤做拉船夫。单薄瘦弱的肩上勒紧绳索，刘二在风吹日晒雨淋中下死力气，弯腰低头拉着货船拼命往前挪。

纤夫的号子，似生命的呼号，在河道上久久回荡。只有硬汉子才吃得下纤夫这碗饭。

刘永福 17 岁那年，家里连遭灾祸。短短几个月之内，三个亲人相继撒手人寰。8 月丧母，他靠着亲友凑些钱，买了口薄棺安葬母亲。接着，11 月丧父，没有钱买棺材了，只得拿两块床板合起来，埋葬父亲。12 月叔叔又亡故了，这时他连床板都没有了，只得用草席裹着埋了叔叔。

由于父母生前欠下了债务，他便将家中所有值钱的东西全部变卖以偿还债务。他身无分文，夜宿圩头的关帝庙，靠打柴为生，贫困潦倒。

接二连三的噩运，潮水般的苦难，并没有击垮和淹没刘永福的意志，他顽强地活了下来。不幸的遭遇和艰难的环境，像一股无形的力量，推动着他不停地向前奔走。

两年之后，刘永福带着哥哥和几个乡亲，投奔了起义军，从此开始了波澜壮阔的人生。

“自古雄才多磨难，从来纨绔少伟男。”刘永福的人生经历，再次说明了这个道理。

黄永腾想到自己幼年失去父母的遭遇，竟然与刘永福有些相似。念及这些，回忆如同乡间的野草遇到温润的春雨，疯长蔓延，无边无际。

他想，自己比起刘永福来，不知幸运多少倍。如今，兵荒马乱的岁月过去了，他不用去做苦工，不用变卖家产还债，不用流落街头。他有书读，有饭吃，有衣穿，有工资拿，而且日子也越过越好。

这都是因为新中国诞生了，多亏国家政策好，自己读了公费的师范学校，生活有了保障。

这是多么大的恩啊！大恩不言谢，他永志铭怀，立志终生投身教育来报答。

# 自制大风扇

黄永腾在那良小学教语文、音乐、图画三门课。他担任班主任，每周还有20节课，整天连轴转，很忙。

20世纪60年代初，粮食更紧缺了，体育课完全停了。

学校的师生们开始了生产自救。

黄永腾自己每月有20多斤米，勉强够吃了。可他心中牵挂学生，觉得自己是个成年人还好办，学生正是长身体的时候，吃不饱会影响身体正常发育，智力也会受影响。

不能让学生们挨饿，得赶紧想办法。

他带领学生们搞了一个菜园。学校的厕所提供了充足的肥料，他每天放学后担粪浇菜，几十天就有了收成。那些蔬菜，可以拿来吃，吃不完的拿到圩上卖，卖得的钱作为少先队的活动经费。他还带着学生上山种红薯，待收获后，红薯叶做菜，红薯当饭吃。

虽同是边境地区，但比起那垌来，那良毕竟是个圩场，热闹许多，生活条件也好一些。不过，烦恼依旧存在。

这里属于亚热带海洋性季风气候，夏季气温高达39摄氏度。虽然有暑假，可等秋季开学了，“秋老虎”还是要“咬人”的。黄永腾不怕“秋老虎”，但他担心学生们受不了。

学校条件差，没有电风扇，教室里非常闷热。有些老师在台上讲课，热得满头大汗，就一边扇扇子，一边擦汗，一边讲课，手忙脚乱。

学生们坐在讲台下听课，直淌汗水。黄永腾看着心疼。

他想，学生们热得坐不住，课堂教学的质量也会大打折扣啊。

光是闷热，还不算是最糟糕的。更为折磨人的是，教室附近偏偏有好几个豆腐作坊，作坊里每天排出大量磨豆腐流出的废水。废水集中流到水沟里，冒着泡沫，热气翻滚，又热又臭。臭水沟恰巧离教室不远，教室里的学生只得忍受热浪与臭气的折磨。

路人一时路过，都纷纷掩鼻，更何况旁边整天坐在教室里的学生，他们怎么受得了？

黄永腾找到校领导，请求学校想点办法，安排一个远离臭水沟的教室。

学校领导很为难。当时学校的教室只有这几间，没有多余的了，这教室不用，还能怎么办，总不能让学生到大街上去上课吧？

黄永腾整天寻思，如何既能散热又能驱散臭味，给课堂上带来一些凉风呢？如何让课堂上的学生在“秋老虎”和臭气的双重淫威之下，安心学习呢？

思来想去，没有风扇，就自己动手做风扇吧。还在那垌小学的时候，他就带领学生自己动手制作许多玩具和教具，有这个基础，制作风扇难不住他。

他因陋就简，搜集了一些纸盒纸箱，拆开来，在硬纸壳上面钻了孔。这些小孔，一是用来穿绳子，二是可驱除臭气。

他把纸箱的硬纸壳连缀成一幅长方形页扇，利用教室的木横梁挂起来。页扇连着一根长长的绳子，穿过滑轮，拉到讲台，可连在老师的手上。老师上课时，一拉绳子，页扇就前后摆动，扇起阵阵凉风。

驱散了臭气和热气，新的问题又来了：老师在黑板上写粉笔字，手拉大风扇时扇起的风，把粉尘吹得四处都是，把学生们呛得咳嗽。

黄永腾总是有办法的。他把粉笔沾了点水再来写黑板字，粉末就不再飞扬了。这个道理其实很简单，如同洒水扫地就不扬灰尘一样。

就这样，黄永腾一边讲课，一边用手不停地拉动大风扇，课堂上的学生们享受着习习凉风。

黄永腾可没那么轻松了，讲课是脑力劳动，拉大风扇是体力劳动，体力劳动加上脑力劳动，一堂课下来，他累得汗流浃背，浑身湿漉漉的，像用汗水洗了个澡似的。

学校领导心里过意不去，对他说："黄老师，你太辛苦了！"

黄永腾连连摆手，说："哪里，哪里辛苦啊。学生们凉快了，不觉得臭了，安心读书了，我这当老师的，高兴还来不及呢！"

# 一张漫画

在黄永腾的班里，有个女生小梁，家里很穷，母亲去世了，父亲做搬运工，没有时间和精力去管她，她寄宿在亲戚家中。

她是大家口中的“捣蛋孩子”，不知道世上还有“畏惧”二字，她敢跟父亲和老师叫板，敢跟男生打架，敢上树，敢爬墙，敢在校园里撒泼。同学们光是见了她的背影都怕。

班主任黄永腾看在眼里，很为她担心。心想她一个女孩子，从小缺少家庭的温暖，失去父母关爱，长大怎么得了？不能眼睁睁地看着她毁了自己。

于是，黄永腾用自己的钱，给她买了文具和作业本，对她说：“你好好读书，有什么困难，跟老师说，老师会帮助你的。”

小梁有了文具和作业本，安分了好几天。可这只是三分钟的热度，过了几天，她老毛病又犯了，人又坐不住了。

一天，黄永腾上课时，见她老是晃来晃去，浑身上下像是爬满了跳蚤似的。

黄永腾对她说："你不能这样，请你坐好。"

她嘟着嘴，不情不愿地摆正身体，明显不服老师的管教。

黄永腾见她虽然"多动症"暂时消除了，却没有用心听课，只是低着头在一张纸上画来画去，也不知她到底在画些什么。

她到底在搞些什么小动作？黄永腾拿着课本走下讲台，给学生范读，一边慢慢走，一边朗读着，用眼睛的余光观察她。黄永腾经过小梁座位时，小梁迅速用双手盖住了那张画画的纸。

黄永腾装作没看见，继续往前走，突然一个迅疾转身，令她猝不及防。黄永腾看到她的漫画，画的是一个头发像杂草般竖起，眼睛瞪得圆咕隆咚，像两个玻璃球，样子凶狠丑陋的人，下面还写着五个字：这是黄老师！

黄永腾气不打一处来，他夺过漫画，想都没想就高高举起来给大家看，说："同学们，这就是她的画！"

气氛骤然紧张起来，教室里顿时鸦雀无声。

小梁"哇"的一声，打破了尴尬的安静。随后，她捂着脸冲出了教室。

这下，轮到黄永腾措手不及了，他回过神来，喊道："回来！回来啊！"但人已经跑远了，早已不见了踪影。

这堂课还得继续上，但是学生们的心思已经不在课本上了，他们在交头接耳，尽管声音很小，耳尖的黄永腾还是依稀听见了几句：

"她可能不来了。"

"不是可能，肯定不来了。"

……

当晚，黄永腾翻来覆去睡不着觉，整颗心悬着，挂念着小梁。她会去哪呢？社会那么复杂，万一她遇上坏人怎么办？怎么办啊？我教的这个班从来没有退学的，从来没有中途辍学的，这个先例不能破。得把她找回来！

第二天上课，他进教室的第一眼是看向小梁的位置。令他失望的是，小梁的座位空着。

班干部把小梁留下的作业本和书包交给他，说："老师，她不来了，她说您送给她的东西，她还给您。”

黄永腾不由得心里一沉。

小梁寄宿的亲戚家租住的是学校附近的房屋，离学校600多米。中午放学，黄永腾去找小梁，出租屋房东老太太说小梁出去了，没有回来。下午他又去问，被告知小梁依然没有回来。吃罢晚饭，黄永腾又去小梁亲戚家，没有见到小梁，只能怅然而返。

如是往返再三。黄永腾不死心，就在小梁亲戚家等她回来。

房东老太太过意不去，对他说："哎呀，你这个老师，找她都找了一天了。你不要那么操心啊，操心老得快。"

"我不操心谁操心，只要能够找到她，跑十遍八遍都值得。"黄永腾说。

晚上十点多钟，房东告诉黄永腾说小梁回来了，就在屋里。

黄永腾故意大声对房东老太太说话，好让屋里面的小梁听到："她的书包我拿来了，交的作业也改好了。同学们很挂念她，欢迎她回学校！"

他仔细听屋里的动静，听见里面有嘤嘤抽泣之声，便敲门走了进去。

见到小梁在抹眼泪。黄永腾把书包放在桌子上，对她说："你的东西我拿来了。我性子急，对你的态度不好，我向你检讨。明天就回去上课吧！"

其实，小梁也只是赌气，内心还是舍不得学校，舍不得老师和同学们的。既然班主任都向她这个捣蛋的学生认错了，那还有什么可说的。

第二天小梁回校上课了。她一走进教室，同学们都从座位上站起来欢迎她。

小梁在黄永腾的教导下，收了心，改了坏毛病，学习成绩也渐渐赶上来了。

她感激黄永腾为她操碎了心。那是1961年的困难时期，大家口粮都紧张，她拿着亲戚家给她的花生、芝麻给黄永腾吃，自己舍不得吃。

后来她长大结婚生子了。有一天她带着小孩在街上与黄永腾碰面，她对小孩说："这个老师啊，是你妈妈的班主任，就是教育你妈妈做好人的老师。"

# 红领巾文艺队

来到那良小学不久，黄永腾便做了学校少先队大队辅导员，人们习惯叫他总辅导员。

他组建了红领巾文艺队，学校常常拿不出活动经费。没钱买演出的服装，他就用自己的工资和布票买了便宜的蚊帐布，用墨水染了颜色来做演员的服装。

道具也是如此。他在自编自导的活报剧《活捉美国兵》中，用木头染了黑油漆来做枪，也像模像样。美国兵要戴钢盔，他把废弃的篮球剖开来，刷上绿油漆，闪闪发亮。一个球可以做两个钢盔，戴在头上还轻巧。

街头活报剧，当年是很火爆的。活报剧就是活的报纸。当年向文化水平不高的群众宣传报纸上的时政，就靠活报剧。

活报剧大多是漫画式的表演风格，夸张搞笑，经常还插入诗歌朗诵、歌咏等环节，让人们在娱乐中了解时事。

当时国内外有一桩大事，就是美国攻打越南，中国支援越南抗击美国，叫援越抗美。

黄永腾带着红领巾文艺队，就着时事现编现演，服装道具简单，也不需要什么乐队，拿个锣鼓敲几下就开始表演了。

当地的男女老少都喜欢看他们的节目，因为通俗生动，而且不用买票。

一些小孩子，见了他们就乐得很，文艺队到哪，他们就跟到哪，演一场他们就看一场。用今天的话来说，他们是红领巾文艺队的铁杆粉丝。

有些事情，因为年代久远，黄永腾已经记不得了，但是他的学生们还记得。

黄永腾当年的学生严娟，是红领巾文艺队的骨干，现已移居美国。她想念祖国，想念黄永腾，逢年过节就从旧金山打国际长途给黄永腾。她说："最遗憾的是，美国没有少先队那样的组织，儿子没能体会那种无法形容的愉悦。"

严娟在电话里跟黄永腾畅聊当年在红领巾文艺队里发生的一些趣事：

当年黄永腾带着他们准备活报剧《活捉美国兵》的演出道具。为了突出美国兵的漫画式造型，黄永腾抓住美国兵鼻子的三大特征，一高、二尖、三翘。于是他用纸板剪出鼻型，用胶布粘起来，套在鼻子上，看上去像京剧里的小丑。

有次在街头演出时闹了个小笑话。

扮演美国兵的小演员拿着木头手枪，一瘸一拐，左瞧瞧右瞅瞅，像偷鸡贼一样鬼鬼祟祟地上场，说道："哎呀，我的飞机被打下来了，多亏我跳伞逃命。恨爹娘只生了我两条腿，天罗地网中，我怎么逃得掉？"

当时天热，围观的人又多，密不透风，这样一来演出现场就更热了。

这时，小演员的汗水淌了下来，导致套在鼻子上的纸壳假鼻子松落掉地，惹得观众一阵哄笑。

小演员没有见过这阵势，有些慌了，赶紧弯腰去捡纸鼻子。

带队演出的黄永腾在一旁看到了，便急中生智，顺势站到场中，说："毛主席说，一切反动派都是纸老虎。你们看，真是纸老虎，连鼻子也是纸的！"

他说着，给小演员把假鼻子戴上，戏继续往下演。经验丰富的黄永腾临时改了台词，对准备上场的演员耳语一番。

紧接着，扮演越南游击队队员的小演员上场了。

他手持削得尖尖的竹竿，指着"美国兵"说："不许动，举起手来，我要戳穿你这只纸老虎！”

“美国兵”惊恐万状，高举双手，抖如筛糠，说道：“OK！ OK！不要杀我，我投降！我投降！”

演出在高潮中圆满结束。

# 宣传队名声大振

1966 年，黄永腾已经 27 岁了，他褪去了青涩少年的稚气，个子也长高了。

珍惜时光的人，时光也会珍惜他。他的学问长进了，教学水平也得到很大的提升，心智更为成熟了，他成为学校里年轻的“老教师”，再也没有人叫他“小黄老师”了，都叫他“黄老师”。

黄老师个子长高了，他与学生谈话的时候，总是微笑着蹲下身来，效仿当年钦州师范学校的毛校长，与学生平等交流。久而久之，蹲下来跟学生说话，他从自选动作变成了规定动作。

这一年，“文化大革命”开始了，学校上课的秩序被打乱，少先队组织解散了。紧接着黄老师组织的红领巾文艺队也被迫解散了，队员们相继毕业，离开了学校。

那个特殊的年代，到处都在唱革命样板戏，有《红灯记》《沙家浜》《红色娘子军》等。

黄老师觉得，样板戏虽然是好的，但是，一花独放不是春，万紫千红春满园。

他开始组建学校的文艺队，自己创作、编导一些歌颂祖国、歌颂解放军的节目。这些节目的服装、道具、舞美等，他都一肩挑。

文艺队的队员，由黄老师一个一个地挑选。

吴向烈，平时调皮捣蛋，读书偷懒。有人瞧不起他，说他将来最大的出息就是去卖咸鱼，说得他伤心地趴在地上大哭。

黄老师把他从地上扶起来，对他说："人家看不起你，你就做好给他们看啊。如果你自暴自弃，不是给他们说中了吗？他们还会说，看啊，我们真有眼光，一眼就把他看到底了。你要看得起自己，人家才能看得起你。今天老师扶你，以后你跌倒了，要自己爬起来！"

黄老师给了吴向烈表现自己的机会。学校举办大合唱的时候，黄老师让他加入了合唱队。接着，黄老师又吸收他进了文艺队，到各个公社去演出。在掌声和赞扬声中，吴向烈扬眉吐气，像是换了一个人似的，开始用功读书了。

吴向烈很努力也很幸运。小学毕业之后顺利升入初中，中学的政治老师也像黄老师那样鼓励他。他后来考上了大学，毕业后进入广西电视台国际部工作，现已退休。这是后话了。

文艺队需要一个小乐队，学校没有合适的人选。黄老师就去找那良街上懂乐器爱文艺的社会青年。

张光荣中学毕业了，还没有稳定的工作。黄老师见他懂得吹笛子、拉二胡，就邀请他来乐队。他见黄老师为人厚道，是个热心肠，就爽快答应了。

乐队演出没有报酬。黄老师当时每个月的工资是 20 多元，还负担两个弟弟的生活费用，但他仍坚持自己掏钱给乐队成员发一些微薄的补贴。笛子手张光荣，二胡手包侃周、包信周，板胡手彭光印，秦琴手叶琼武，小号手叶琼生，独弦琴手何绍，小乐队的人员总算凑齐了。

黄老师会根据学生的爱好和特长来挑选文艺队的队员。加入文艺队是一种荣誉，好多学生都想加入文艺队。

有一些成绩较差的学生，也想进文艺队，比如苏华、张晶华等。他们平时在班上就不守纪律，总是捣乱。其他老师怕他们在文艺队也捣乱，便不让他们进入文艺队。

一天放学后，他们在操场上打篮球，见黄老师走过，故意将球拍到黄老师的身上。

黄老师也不生气，问："什么事让你不高兴了？跟老师说说。"

张晶华噘着小嘴说："我想进文艺队，老师说不行。"

"想进文艺队？不错嘛。"黄老师说着就走开了。

一天晚自习的时候，他们几个人到学校大礼堂玩。班主任发现了，便吓唬他们说要叫公安来抓他们进派出所。他们吓得作鸟兽散，也不敢回家。

第二天，班主任见他们没来上课，放学后就到他们的家里去找，才知道他们并没有回家。

老师和父母都急了，满世界去找。一边找一边大声喊着他们的名字，却不见他们应答。

这回轮到老师害怕了，后悔不该吓唬这些孩子。万一出了事，可不得了。

到了下午，他们主动出现了。原来，他们躲了一天，实在饿得不行了，就溜到黄老师的屋里找东西吃。

黄老师见到他们，一把抱住，说："哈，你们终于回来了。"

待他们吃罢饼干，喝了开水，黄老师才开口："今晚你们不要走了，跟我一起住吧。"

他们心想：反正也没有地方可去，回家肯定要吃大人的"竹笋炒肉"（用竹鞭子抽打）。黄老师这里有吃有住，还有好言语好脸色，那就在这住吧。

晚上，黄老师跟他们开卧谈会。大家躺在床上谈心，所以不是座谈会，而是卧谈会。

黄老师说："你们啊，好好想想，家里的父母这么辛苦，省吃俭用，送你们到学校来。如果你们不用功，将来从学校出去，到了社会上无一技之长，你们这样对不起学校，对不起家庭，更对不起自己。你们想进文艺队好啊，你们先保证做到好好学习，不调皮捣蛋。"

听了这话，苏华和张晶华老实了。此后一段时间，他们上课不吵了。

文艺队排练时，黄老师让他们站在一旁观看，但就是不让他们加入，使得他们心痒痒的。

每天晚上，学生都到他房间去排练节目。排完节目，黄老师就开始讲做人的道理。

黄老师不喜欢干巴巴地说教，而是通过讲故事，让学生们从故事中汲取营养。

黄老师善于揣摩学生的心理，哪个学生喜欢什么不喜欢什么，有什么优点和特长，有什么缺点和弱点，他都了如指掌。所以他说话，学生们都爱听。

在他的熏陶下，文艺队的队员们待人有礼貌，心态很好，处处给人们留下好印象。

苏华、张晶华也以这些队员为榜样，变得爱学习、守规矩了。眼看时机成熟了，黄老师正式吸收他们进入了文艺队。

有一天，张晶华一家所在的生产队分了鱼塘里的鱼，张晶华拿一条鱼来给黄老师，感谢黄老师对自己的教导，要与黄老师分享美食。黄老师说："谢谢你的鱼，不过，老师更希望看到你成绩单上的分数有提高，这更让我高兴。"

张晶华记得，黄老师不光对他好，还对他的家人好。他家里有七兄妹，生活极其困难。黄老师家访时，见张晶华的兄妹们连鞋子都没有，大冷天里衣服也穿得单薄，就借了 70 块钱给张晶华的父亲。

多年以后，他们生活稍好了，要把钱还给黄老师，黄老师起初不肯要，在他们的再三坚持下，黄老师才同意收下这笔钱。在张晶华看来，当年这 70 块钱太重要了，那可是一家人救命的钱啊。

苏华、张晶华、宣德伟这些当年的文艺队员，说起 60 多年前的事，记忆犹新。

黄老师多才多艺，吹拉弹唱样样在行，编导、写词、作曲、指挥也难不倒他。他创作、编导的具有少数民族风情的《丰收歌》《抬石头》等节目在整个公社独树一帜，令观众耳目一新。

那时防城属于钦州专区的一个县。公社相当于现在的一个乡，生产大队相当于现在的一个村委会。

每次公社会演，那良小学的文艺队都拿第一，连县文工团的专业人员都有些羡慕嫉妒了。他们半开玩笑半认真地说："黄老师啊，县里会演的节目，你们一连串地拿奖，我们专业搞文艺的，还怎么吃这碗饭？"

渐渐地，黄老师的文艺队是窗口吹喇叭——名（鸣）声在外了。整个钦州都知道黄老师带领的这支文艺队。

他常常带着文艺队 60 多个学生下乡演出，在那良公社十多个生产大队、几十个生产队留下了他们的足迹。乡亲们听说他们来演出，奔走相告，早早吃了晚饭就赶来等着看表演。

一次，文艺队从那良出发，第一站到那旺演出，两地相距十多公里，多是崎岖山路，队里女生多男生少，小学生走不动了，黄老师就背着学生走。

去北仑村时，下着小雨，山路湿滑，他让队员们用衣服遮盖头，说："女同学头发不能湿，淋湿了很容易感冒。"见大家很疲倦了，他给大家打气："同学们，加把劲，你们是祖国的花朵，未来世界是你们的。你们是八九点钟的太阳，这点雨算得了什么！"

山路上到处都是蚂蟥。有的女生见了蚂蟥吓得大声尖叫，不敢前行。

黄老师说："走起来，勇敢些。蚂蟥是小虫虫，我们小指头都比它大。我们这么多人，踩都踩死它！我们文艺队的人，个个都勇敢。"

黄老师让队员们把裤脚扎起来，免得蚂蟥爬进去。这下，大家不怕蚂蟥了，继续前行。

到了北仑，大家都很累了。他让小队员们休息，自己跑去找大队支书，安排大家晚上住宿的事情。他晚上睡不踏实，几次爬起来查铺，见到哪个小队员踢了被子，就及时帮他把被子盖好。

为了解决行路难的问题，黄老师联系了种橡胶的荣光农场，借了农场的汽车。这样他们就省下了走路的体力和时间，可以把主要精力放在演出上。

一路上吃的苦受的累别人看得见，而为小队员们操的心却是别人看不见的。台上要演好，台下更要管好。

有次黄老师带队去那良的民生村演出，晚上回来要走夜路，黄老师一会儿走在队伍前面，用树枝拍打路边草丛以驱赶有可能躲在草丛中的蛇，一会儿走在队伍后压阵，万分小心，不敢有半点差池。队伍要经过一座桥，由于路面没有路灯，黄老师跑到前面探路，发现桥下似乎有一个黑影在晃荡。他马上警惕起来，叫大家聚拢些，一个跟着一个，迅速过桥。有惊无险，大家安全回到学校。

过了不到一周时间，有一个学生上山打柴被歹徒杀害了，公安局迅速破获了这起凶杀案。黄老师听说，据这个歹徒供述，前几天的一个夜晚，他在桥下守株待兔，寻找作案目标，有个老师带着学生过桥，由于队伍整齐，他不好动手，如果队伍乱了，他就会下手。

黄老师听了这事，惊出一身冷汗来。好险啊，真是万幸，躲过一劫。

那晚如果有学生掉队就极有可能出人命了，幸好自己先是在队伍前面探路，又在队伍后面压阵……

黄老师编导的那些好节目都是经过无数次打磨的。编导、舞台调度、舞美、灯光、布景等，都靠自学。他专门买了样板戏的书来看，一边摸索实践，一边总结，演一次上一个台阶。

他带领的文艺队除了巡演，还要参加调演和会演。1968 年的 11 月，每个公社都派出自己最有实力的文艺队到东兴参加地区的文艺会演，其中就有黄老师带领的文艺队。

黄老师准备晚上演出自编自导的歌舞《歌唱祖国》《献给亲人解放军》。

他们下午到达东兴的招待所。服务员见到黄老师带来的是一帮毛孩子，懒得去接待，饭也不端过来，嘴里嘟囔："这些鼻涕虫来这里干什么？"

黄老师也不解释，心想：你不端饭来，我们就自己打饭吃。来干什么，到时候你就知道了。

负责接待的人对黄老师说："你们来了 60 多人，太多了，我们接待能力有限啊。"

"我们这个节目是大型的，需要这么多人。"黄老师解释道。

“那好吧，既然来了，你们只能演一天哦，演完就走。”负责接待的人无奈地说。

当晚，表演会场设在东兴大校场，是露天演出。

那良小学文艺队表演的两个节目闪亮登场。

其中，《献给亲人解放军》讲述了边境的少数民族群众背水上山给边防战士的故事，情节感人，节奏鲜明，想象力丰富，民族色彩浓郁。

黄老师编导的节目，来源于生活，《献给亲人解放军》就是一个生动的例子。

当时边防军队就驻扎在那良小学旁边。一到晚上，黄老师总听见军营里发出噼噼啪啪的响声，一问才知，原来是蚊子太多了，他们在拍蚊子呢。

边境的蚊子厉害。当地有个夸张的说法：三只蚊子一盘菜，三只老鼠一麻袋。那种蚊子叮咬起来，马牛都怕，何况是人。人一旦被叮咬，很快就会红肿，鼓起大包，又痛又痒。边防军战士来自祖国各地，有好些是北方人，对南方山里的蚊子毫无招架之力，有的被蚊子咬了手脚起了一片红疙瘩，有的打蚊子打得身上和手上满是血。

部队用艾草熏蚊虫，烟雾呛得人咳嗽。

于是，黄老师自己花钱买了一批上好的蚊香，想拿去送给军营里的边防军战士。

一天晚上，他拿蚊香去到部队，见战士们都睡了，怕吵醒他们，就蹑手蹑脚进去放蚊香。哨兵见了，以为是特工来摸哨，拉动枪栓叫他站住，后来仔细一看，才知道原来是黄老师。

战士们都很警觉，这时都醒来了，待明白黄老师的来意后，便跑过来握着他的手不肯松开。那个场面让黄老师久久难以忘怀。

在《献给亲人解放军》的故事里，黄老师只不过把送蚊香改成了送水，把一人送改成了多人送……

演出完毕，掌声雷动。

黄老师带领的这帮大人眼里的小屁孩，名声大震。

第二天，负责接待的人改口了，对黄老师说：“你们不能走，还要连演三场，一直演到万人大会结束。”

招待所的服务员也改变了态度，把饭抬到小队员们面前，说：“你们演得真好，小孩子厉害，没想到啊！来，吃饱吃好。”

他们不知道，节目之所以能演得这么好，是因为这些小队员的背后有个叫黄永腾的老师。

后来，那良小学文艺队又到了火光农场、江平等地演出，所到之处均是一片赞扬之声。

他们虽然时常在小礼堂里打地铺睡，却像是睡在宾馆的席梦思床上似的舒心，因为枕着这些掌声、笑声和赞美声，睡梦里也是甜蜜的。

后来，文艺队的小乐队里的张光荣做了那良小学的音乐老师，现在已经退休了。

他们都还记得当年与黄老师共同度过的在文艺队的演出时光。

他们说黄老师真是厉害，那些调皮捣蛋的学生经过他调教，都变成好学生了，那些不懂文艺的学生，进了文艺队，都能唱能跳了。

黄老师为了鼓励队员们，拿自己的钱给队员们买作业本和课外书作为奖品。

那些队员至今仍十分感激黄老师。

# 黄老师很憋屈

有阳光就有阴影，有平川就有险滩，有草原就有沙漠。

世界就是这样，痛苦就在快乐的旁边。

有一次，黄老师带着文艺队到江平演出，眼看就要轮到他们表演了，他忙着给即将上台的小演员们化妆。

这时，一个公社干部走过来说：“黄老师，今天晚上的演出，不要全部上场。”

黄老师问：“为什么？”

“大概，可能……有麻烦。”公社干部回答。

年轻气盛的黄老师，见他说话吞吞吐吐，就不客气地追问：“到底有什么麻烦呢？”

那个公社干部索性挑明了：“黄老师，你跟其他人有很大的不同。如今是工农兵占领舞台，你出身不好，不能上台演。”

学生们一听就炸了锅。

这个说：“黄老师不演，我们也不演！”

那个说：“我们就要黄老师上台演！”

“这事怎么处理，你看着办吧！”公社干部懒得跟他们啰唆，瞪了这些小演员一眼，转身走了。

黄老师望着他的背影，五味杂陈。

他没有出生在工农兵和革命干部家庭，而是出生在富农家庭，这是命，只得认了。打落牙齿往肚里咽，满腹的苦水往心里流。

演出是当务之急，自己作为带队的老师，不能让学生乱，不能因为自己的委屈耽误了演出。

他强作笑颜，对队员们说：“同学们，不要有情绪，演出照常进行，老师不演你们演，演给他们看！老师跟你们在一起，我们的节目顶呱呱！”

小队员们见黄老师都这么说了，虽然心不甘情不愿，但还是听话，上台演了。

黄老师是他们的精神导师，黄老师怎么说，他们就怎么做。

他以为这事就算过去了，却不料这只是个开始。

一个周末，他带队去东兴表演。他带着孩子们走到台上，演出正要开始时，有人说他成分不好，富农出身，没有资格上台。

他听了如同五雷轰顶，一下子愣住了。他最终忍住悲愤，大步走下台。

不上就不上吧，台前不行就幕后，台上不行就台下，文艺队的事照做不误。

还有一次，他们文艺队去一个公社演出。有个负责人质问：“你们的节目，通过审查了吗？小孩子在社会主义的阳光下，是天真活泼的。听说你们让小孩子扮演老太婆，这节目是健康的吗？”

黄老师据理力争，辩驳道：“演老太婆就叫不健康？这是什么逻辑？”

那位干部以命令的口吻说：“反正，今天晚上的演出，你不能穿演出服，不能化妆。”

黄老师又问：“为什么？”

“不能就是不能。”那位干部回答。

黄老师不服气，争辩道：“真是没道理，我为什么不能穿演出服？不能化妆？凭什么？”

这时，一个公社干部把黄老师拉到一旁，轻声对他说："黄老师，你不要争了，照他说的做好了。"

黄老师不再多说……

演出照例在掌声中结束。

临别时，那个叫黄老师不要化妆的负责人，也许是被他们精彩的节目所打动，也许是为自己的态度感到抱歉，也许是敬佩黄老师的忍辱负重和文艺水平，他特意赶过来为文艺队送行，握着黄老师的手说："黄老师，你还是很辛苦的。好好干！"

富农家庭出身，这个无法改变的事实就像阴霾笼罩着他。

有人歧视他，不认可他，什么获奖的机会都不给他。那段时间，他的名字仿佛被锁进一个打不开的抽屉。

开始的时候，血气方刚的黄老师愤愤不平，奋起抗争；后来这类事情多了，他已经习惯了，好汉不吃眼前亏，他便决定不再做这种鸡蛋碰石头的蠢事了。

北宋时期著名的文学家苏东坡在《留侯论》中说："古之所谓豪杰之士者，必有过人之节，人情有所不能忍者。匹夫见辱，拔剑而起，挺身而斗，此不足为勇也。天下有大勇者，卒然临之而不惊，无故加之而不怒，此其所挟持者甚大，而其志甚远也。"

这段话翻译成现代汉语是：古代所谓的豪杰之士，必定有超过常人的节操，以及常人在情感上不能忍耐的气度。普通人一旦受到侮辱，就拔剑跳起来，挺身去决斗，这谈不上勇敢。世界上有大勇的人，突然面临意外时不惊慌，无故受到侮辱时也不愤怒，这种人的抱负很大，而且志向非常高远。

面对诸多不公，怎么办呢？不能逞匹夫之勇，只能忍了。

黄老师想开了：你不承认我，社会承认我、承认我的学生、承认我组织起来的文艺队，这就够了。

忍字头上一把刀，这就是生活。

# 一支派克钢笔

一天下午下课时，全班学生起立说“老师再见”的时候，女生关小严心爱的派克钢笔掉到地上了。

她是个懂礼貌的孩子，没有马上蹲下去捡钢笔，而是等到礼毕，她才弯腰去捡。可是地上都找遍了，也没有看见钢笔！

关小严急得哭了，说：“我的钢笔！我的钢笔！谁捡了我的钢笔？”

派克钢笔，在当时来说算得上是一件非常贵重的物品。关小严的爸爸妈妈都是老师，她爸爸还是一个中学的领导，他们把这支名贵的派克钢笔给了孩子，不知对孩子寄托了多少希望。

黄老师安慰关小严说：“不哭，不哭，不要着急，钢笔在教室里是跑不掉的，老师帮你找回来。”

关小严这才止住了哭声。

黄老师说钢笔“跑不掉的”，包含着两层意思：一层是说给关小严听，让她不用担心；还有一层是说给捡笔的人听，让其明白“人也是跑不掉的”。这言外之意，希望捡了钢笔的学生听了，内心会有所触动。

黄老师观察着关小严座位旁边几位学生的表情和动作，在心里逐个排查，当看到有个男生神态慌张，他判断八成就是这个男生捡了关小严的钢笔。

黄老师指着这个学生说："你跟我来一趟办公室。"

男生跟着黄老师进了办公室。

黄老师坐了下来，也让他坐下，他不敢坐。

黄老师说："坐下来说嘛，不用那么紧张，你好好想一想，钢笔是不是被你捡到了，捡了东西是不是要还？"

男生不情愿地坐了下来，半晌都不吭声，憋得满脸通红。

"犯了错误没关系，及时改正还来得及。老师现在给你机会，也给你一点时间。"黄老师说着，望了望墙上滴答滴答响着的挂钟。

男生沉默着……

半个多小时过去了。

天渐渐黑了，办公室里很安静，学校对面的电影院依稀传来电影的音乐声。黄老师心想，今天必须解决此事，万一他把钢笔藏起来，明天就很难找回来了。

"电影院门前是个陡坡，东西掉了可能会滚得很远，可教室里是平地，钢笔能滚到哪里去呢？"黄老师试探性地问他。

男生嘴硬："我哪知道！"

这时，一位老师走进办公室拿东西，见黄老师还在，问道："黄老师还没走啊，不吃饭啦？"

"我这有急事，走不开。"黄老师将那位老师拉到一边，将事情的原委告诉了那位老师。

那位老师说："哪里用得着搞这么久啊！这件事简单得很，翻他的书包不就行了吗？"

"翻书包不行啊，老师翻出来和学生自己交出来，性质大不一样。我一定要他自己交出来。"黄老师说。

黄老师考虑问题和处理事情，都是站在爱护学生的角度。那位老师不禁暗自佩服黄老师，对黄老师说了声"记得吃饭哦"就走了。

黄老师盯着男生的眼睛，发现他的目光中闪过一丝动摇，心中暗喜。黄老师指着墙上的挂钟说："好吧，老师再给你三分钟时间。这三分钟，是一道坎，过了这三分钟时间，性质就完全变了！老师给你最后一次机会，希望你迈过这道坎。"

说完，黄老师站起来，在办公室里踱来踱去，走几步又转过身来看看他。黄老师这是用他的身体语言暗示男生，只剩最后三分钟了。

男生看黄老师那架势，明白今天如果不交出钢笔，肯定是不行了。他的心理防线终于被击破了，乖乖地从书包里拿出了那支派克钢笔。

黄老师惊喜万分，一把拉住他，表扬道："哎呀！真是个好孩子，知错能改！"

这件事本来可以就这么过去了。可黄老师心里还有一个疑问：这个男生平时表现并不差，为什么这次想把派克钢笔据为己有呢？

黄老师要帮助他，要引导他走正路，要防微杜渐，就必须先了解他。

一次课外活动中，黄老师跟这个男生闲聊，装作无意地问他为什么拿派克钢笔。男生说，那钢笔里的螺丝有铜，卖了可以换糖果吃。黄老师听后哭笑不得。

人都有自尊心。这个男生因为这件事丢了脸，被班上同学看作是个贪小便宜的人。黄老师心里不好受，想要找个机会让学生们改变对这个男生的看法。

学校有一片学生们种的菜地，种菜卖得的钱，过去一直都是由黄老师保管，源于学生，用于学生，专款专用。

黄老师在班上提议，由于老师很忙，要腾出时间和精力来研究教学，学生的钱也应该由学生来管，这笔钱就交给那个男生来保管。既然是黄老师提议，学生们也都举手通过了。

可是有人却担心：他这个人管钱行吗？会不会拿钱去买零食吃？

那个男生没有辜负黄老师的信任，管钱管得像小葱拌豆腐——一清二白，每一笔账算得清清楚楚。同学们非常满意，对他的看法也改变了许多。

黄老师让那个男生管钱，与电影《教育的诗篇》中，马卡连柯老师让有劣迹的学生去银行取钱，有异曲同工之妙。

男生也用黄老师给自己的机会，找回了尊严。

# 不专心上课的学生

无独有偶，这个故事也是由一支钢笔引发的，还差点闹出人命。

1969 年的一天，黄老师上语文课的时候，发现一个学生不专心听课，既不看老师，也不看黑板，老是低头摆弄他的钢笔。

黄老师在讲台上提醒他："注意听课，沈贤富！"

沈贤富抬头望了一下黄老师，住了手。

黄老师继续讲课。

沈贤富又继续低头摆弄钢笔。

黄老师再次喊他的名字："沈贤富！"

"啊……啊！"沈贤富抬起头来，望着黄老师，茫然失措，像刚睡醒一样。

"注意听课！"黄老师再次提醒。

哪知道，没过几分钟，沈贤富仍旧埋头摆弄他的钢笔。

黄老师想：这孩子怎么回事，把老师的话当作耳边风，如果其他学生都学他这样，课还怎么上。

黄老师于是第三次提醒他："沈贤富，集中注意力听课！”

这回沈贤富连头都不抬了，依然不停地摆弄着那支钢笔。

为了不影响其他学生听课，黄老师批评了沈贤富几句，就暂时把这事儿搁一边了。

这堂课上得很别扭，整个课堂节奏全乱了，黄老师确实有些生气了。

下课铃声响了，黄老师对走到教室门外的沈贤富说：“跟我到办公室来，我有话问你。”

老师把学生叫到办公室谈话，那是一件很严肃的事情。黄老师当时有点吓唬沈贤富的意思，暗示他不听课的问题很严重。

沈贤富像没听见一样，如木头人一般站在教室门口不动。黄老师伸手去拉他，他犟着就是不动。

黄老师为难了，眼下又不能强拽着他去。小孩子嫩手嫩脚的，不小心弄伤他可就不好了。

“走啊，站在这里干什么？”黄老师问道。

沈贤富靠着门框，梗着脖子，仰着脑袋，就是不走。

班干部过来帮忙，往黄老师办公室的方向拖拽沈贤富，说：“你去不去，你去不去？！”

沈贤富大声喊：“不去不去，就是不去！”

“黄老师要你去，你就一定要去！”班干部说。

“我死也不去！”沈贤富双手拼死抓住门框。

黄老师当了这么多年的教师，还没见过这么犟的学生。

班干部不管不顾，与沈贤富较上了劲，一边用蛮力拖他，一边说：“你非去不可！”

沈贤富拼命挣扎，挣脱了班干部后，就冲向教室前面的水沟，边跑边说：“再逼我，我今天就死在这里！”

不好，要出人命！黄老师赶紧说：“沈贤富，站住！不去就不去吧，千万别想不开！”

听到老师这么说，沈贤富才停下了脚步。

事后，黄老师反省自己的做法：事情怎么会弄成这样？是不是自己有些急于求成了？是不是处理方法过于简单了？

没有调查了解，就没有发言权，更没有权力去批评学生。毛主席说过，调查研究就像十月怀胎，解决问题就像一朝分娩，调查是解决问题的关键。

此事蹊跷，诸多疑问，有待调查。

沈贤富为什么反复摆弄他的钢笔呢？为什么要对抗老师和同学呢？为什么宁死也不肯跟老师到办公室去呢？

黄老师觉得要去家访，了解情况。

沈贤富家住得远，在离学校有十多公里的村子里。黄老师家访从来不怕远，再远也要去。

虽然平时家访黄老师跟学生的父母都是说实话、说真话，但也是讲究策略的。比如学生有三个优点，那么三个优点黄老师都讲；如果学生有两个缺点，黄老师就只讲一个，然后与家长共同分析学生缺点形成的缘由，商量克服缺点的方法。

此次黄老师到沈贤富家也不例外。黄老师只是讲了沈贤富上课不注意听讲，并没有说其他事。

通过家访，事情的真相浮出水面。

原来，沈贤富家里很穷，生活来源主要靠家里那只生蛋的母鸡，就是村里人所说的“鸡屁股银行”。他家里根本买不起钢笔，他上课摆弄的那支钢笔是城里的亲戚送给他父亲的，已经很旧了，他父亲再送给他用。这支钢笔是沈贤富至爱的宝贝，他把这支钢笔看得比自己的生命还重要。

那天上课时，沈贤富的钢笔不出墨水，写不了字。他脑子一片空白，老师说什么都听不进去，急着要把钢笔修好，所以他老是摆弄手中的钢笔，并不是有意对抗老师和同学。

沈贤富的钢笔出了毛病，他难受极了，所以一切都不管不顾了。他死活不肯到黄老师办公室去，是怕黄老师没收他的钢笔。

农民爱土地，工人爱机器，学生爱书本和笔，这很正常。

黄老师对沈贤富说："哎呀，你怎么不早说呢？钢笔不出墨水，我可以帮你修呀！"

黄老师帮沈贤富把钢笔拆开来检查，发现是笔胆里的墨水把笔嘴堵住了。黄老师清洗了笔胆，又给钢笔换了墨水，还给沈贤富买了一支新的英雄牌钢笔。

黄老师事后说，为人师表，只有设身处地替学生着想，才能触碰到学生心底最柔软的那一部分，才能真正帮助学生改正缺点。

多年过去了，沈贤富至今还珍藏着黄老师当年送给他的那支英雄牌钢笔。

# 十个小光头

1972年夏天，那良小学出现了十个剃光头的男生，这些男生在校园里晃来晃去，十分招摇。

他们成群结伙，打架斗殴，欺负同学，制造事端，扰乱校园秩序。校长在大会上点名警告，要严肃处理他们。

时任少先队总辅导员的黄老师打听到，这些男生剃光头是因为受到了社会上不良青年的影响。

那良圩上的那些不良青年，整天没事干，没有收入，精神苦闷。为了发泄愤懑的情绪，他们偷鸡摸狗，酗酒打架，还统一剃了光头。那模样传达的信息就是：别惹我，我很烦，我对现实不满。

跟好人学好样，跟猴子学攀爬。学校里有的男生在圩场上见到这些不良青年，觉得光头很酷，就学着耍酷，也给自己剃了个光头。

就这样，一个学一个，一个带一个，一时间校园里的“光头党”发展到了十人。

这十个小光头，给学校出了个难题，也给总辅导员黄老师出了个难题。

这个年龄段的学生，特别难管，所以这个年龄段被称为叛逆期。叛逆期的学生常处于懵懵懂懂的状态，许多事情似懂非懂，却喜欢装作大人的样子，我行我素。如果让他们按照大人的话去做，他们会心有不甘，觉得受了天大的委屈。

面对迷途的孩子们，黄老师虽然心里着急，行动上却不能急。古语说得好，欲速则不达。病不是一天两天得的，不能指望下猛药一天治好，必须用爱心、耐心、细心去帮助他们走回正途。

浇树浇根，帮人帮心。黄老师觉得，要想解决这个难题，先要破题，要想法子接触他们，倾听他们的心声，走进他们的内心深处。

黄老师先做调查，找他们谈心，问清事情发生的缘由。

那跟他们在哪里谈话好呢？跟他们在班上谈？不行，他们可能会有抵触情绪。倘若无法敞开心扉，跟他们谈什么都是白搭，他们可能会油盐不进。跟他们在办公室谈？也不行，他们可能会反感，会觉得自尊心受到伤害，估计也谈不出什么结果。

于是，在一个周末的下午，黄老师邀请他们到自己的房间来做客。

黄老师微笑着招呼他们坐下，板凳不够用，有的学生就坐在床上。黄老师还拿出鸡仔饼给他们吃。

黄老师先跟他们聊家常，拉近双方的距离，营造亲切轻松的氛围。

等气氛融洽了，黄老师开始切入正题，微笑着问他们："你们为什么不要头发呢？头发对人体有用的，它可以抵挡轻微的碰撞。你们没有头发，脑袋很容易受伤的哦。说说看，你们为什么要剃光头呀？"

"光头好看，而且别人不敢欺负我！"一个小光头回答，其他小光头听了，都跟着笑了起来。

黄老师拿出一面镜子，递给他们，说："好看？你们自己看看吧，脑袋上坑坑洼洼的，这个样子还好看？"

他们照了照镜子，摸了摸自己的光头，吐了一下舌头，立刻就不笑了。

"黄老师，那……解放军叔叔也是剃光头的。"一个小光头振振有词。

“你们搞错了，解放军叔叔剃的不是光头，是平头。平头就是板寸，又叫‘陆军装’，是军人常见的发型。这种发型，是把后脑勺到两鬓的头发剪光，上面稍稍留一点短短的头发，整齐、干净、大方。当然，有的解放军叔叔也剃光头。但是他们为什么剃光头你们知道吗？那是为了打仗受伤了好包扎。”黄老师解释道。

“我们剃光头，是我们的自由。”有一个小光头说道。

“你们是学生，学生就要遵守学校的纪律，你们的自由不能妨碍别人。光头本身不是错，但是你们的光头成了一种不好的标识，你们又是打架又是闹事，违反纪律就错了。”黄老师这么一说，小光头们都不吭声了。

见他们有了悔意，黄老师暗暗高兴。认识错误，正是改正错误的开始啊！改正错误，需要过程，长出头发，也需要一个过程。

“你们想长大之后当解放军，解放军叔叔打仗都是很勇敢的，你们也是勇敢的孩子，还怕改正错误吗？等你们头发长出来了，你们也可以理一个这样的发型……”说着，黄老师拿起一本儿童杂志画报，指着那上面的照片，照片里有一个小男孩身穿运动装，理着小平头发型，神气活现，“你们看，这样的发型，特别适合你们。”

小光头们看到照片上的发型，也觉得这个样子很精神。

良好的开端，是成功的一半。

集体谈话以后，黄老师又分别找小光头来谈心，解开他们思想上的“疙瘩”。虽然他们表示不再剃光头了，但黄老师依然不放心，说要看他们的实际行动。

过了一段时间，小光头们长出头发了，果然剃了“陆军装”。

黄老师见了，一语双关地表扬他们：“这就对啦，就该这样，你们要学习解放军叔叔，从头做起。”

# 踏上新征途

1978 年，新中国翻开了崭新的一页。

也是这一年，中国少年先锋队得以重建。

春回大地，万象更新。

黄老师过去组织少先队活动，很少设计方案，用他自己的话来说，他是“零方案辅导员”。所以以前的活动缺乏新意，活动内容一般是唱歌、讲故事、读书看报、做游戏，或者是带领孩子们访贫问苦，看望五保户，听老人们讲故事来忆苦思甜，再或者是开展学雷锋活动。

中国少年先锋队得以重建后，黄老师决定要跟上时代步伐，走创新之路。如果仍旧是老一套，少先队活动在小学生中就会失去吸引力。

改革开放，使人们的思想有了新的突破。黄老师能从报纸、杂志和电视上了解到更多的信息。

少先队活动要创新，就要敢于打破旧的条条框框，设计出更贴近时代、更贴近生活、更贴近实际情况、更贴近少年儿童的活动方案。

该从哪里入手呢？

黄老师想起他读书的时候，听过陶行知先生喂鸡的故事，这个故事给他留下了很深的印象。

有一次，陶行知先生到武汉大学演讲。演讲之前，他先做了一个实验。

陶行知先生抓着一只公鸡，把米撒在桌子上，然后他按住公鸡的头，强迫公鸡吃米，可是公鸡硬是不肯吃。随后，他掰开公鸡的嘴，把米塞进公鸡的嘴里。公鸡挣扎着死活不吃，还把塞进嘴里的米吐了出来。

然后，陶行知先生轻轻地松开手，把公鸡放在桌子上，自己退到一旁。不一会儿，公鸡自己就开始吃起米来。

陶行知先生认为，教育就像喂鸡一样。强迫学生去学，把知识硬灌给他，他是不情愿的，即使勉强学也会食而不化，过不了多久，他还是会把知识还给老师的。但是如果让学生自由地学习，充分发挥其主观能动性，那效果会好得多。

这个故事让黄老师深受启发。“填鸭式”的教学对学生无益，弄不好还会使学生厌学。让学生自由学习，提高学习的趣味性，才能获得理想的学习效果。寓教于乐，才能发挥学生的主观能动性，把“要我学”变为“我要学”。

于是，黄老师开始尝试将每一次的少先队活动当作是另一个课堂，打破常规，精心设计活动方案。

陆游诗云：纸上得来终觉浅，绝知此事要躬行。为了让孩子们可以切身感受爱国主义教育，少先队总辅导员黄老师实施了一个自己设计的少先队活动方案。

1979 年，黄老师组织了 36 名小学生“重走游击队之路”，他们沿着当年游击队的行军路线，清洁整理了沿途边境界碑，黄老师还请老战士和烈士家属为孩子们讲述当年的战斗故事，在故事中带领孩子们穿越烽火岁月。

世界因创新而美好，少先队活动因创新而精彩，黄老师因创新而快乐。

少先队活动得到了不错的反响，黄老师创新活动的劲头越来越足，为了一个好点子，他往往深入各村调查，连夜写出策划方案。

功夫不负有心人。1981 年年初，黄老师策划的那良小学红领巾读书读报竞赛系列活动，拿了六个全国优秀奖。他策划设计的小队活动、快乐中队活动也先后获奖。

在黄老师看来，策划获奖并不重要，重要的是这些活动在学生中产生了影响，取得了预期效果，得到了社会认可。

1981 年秋，正当黄老师准备实施一个新方案的时候，一纸调令下来了，黄老师要调到防城二小工作。

黄老师心急火燎地找到了教育局的黄局长，说："那良需要我，我也舍不得那良。那良的父老乡亲对我很好，而且山村缺老师啊！"

黄局长说："好多人都想去防城，有的请客送礼，有的拉关系走后门，大家都削尖了脑袋要往城里钻。你倒好，还主动要求留在乡镇，精神可嘉！"

黄老师说："我还是留在那良小学吧，这么多年了，工作生活都已经习惯了。"

黄局长摆摆手，说："别婆婆妈妈了，金子放到哪里都闪光。你原来在山村教学是工作需要，现在到城里教学也是工作需要。这事就这么定了，时间很紧，明天就去报到。你交代一下这边的工作，安心去防城二小吧。"

第二天，黄老师惜别那良小学的师生，拿了几本书和几件衣服就匆匆走了。

黄老师调到防城二小后，担任该校的音乐老师和少先队总辅导员。

新的校园，新的起点。

# 流动书箱

## 1. 背起书箱

黄老师到了防城二小后，发现一个现象：在课间或课外活动的时候，学生们总是打打闹闹，不喜欢看书。

课余时间，对这些学生来说，像无人耕种的田地，不用起来，实在可惜。

学生光是学课本里的知识是远远不够的，只有大量阅读课外的好书，才能获得更全面的知识，才更有益于学生的身心健康。

培养学生的阅读习惯，这事得抓紧。

陶行知先生曾说过："教人要从小教起。幼儿比如幼苗，必须培养得宜，方能发芽滋长。"教育家苏霍姆林斯基也曾说过："学校应当成为书籍的王国。"俗话说，人看孩提马看蹄。孩提时期是教育的关键时期。

推广全民阅读，黄老师从娃娃开始。

于是，黄老师和在那良小学时一样，在防城二小成立了家庭图书室，这是当时防城各族自治县（今防城港市）乡镇小学中的第一个家庭图书室。

黄老师用自己的工资为图书室添置了桌椅、灯具等所需物品，图书室的20多个凳子还是他在10公里外的大河村买下后，用自行车“蚂蚁搬家”式地运回来的。不仅如此，黄老师还精心挑选了一些学生喜欢的故事书供他们借阅。

随着借书学生的不断增多，图书也不够借了。

黄老师便四处搜罗好看的图书。每次到南宁开会，他不逛超市，不逛商店，只逛书店，选购学生们喜欢看的书。书多了搬不动，他就办托运。

接着，黄老师又在防城二小发展了40多个书摊组，联动借书。借书者越多，他越是忙得不亦乐乎。

后来，每当有校外活动，黄老师就干脆背上自己的书箱，让学生们随取随看。他把这叫作“图书跟踪服务”。

再后来，黄老师只要到有孩子的地方，总不忘背上书箱。他到哪里，书箱就背到哪里。

黄老师给这个书箱取名“流动书箱”，“流动书箱”是他背上的图书阅览室。

人们一见黄老师和书箱就说：黄老师送餐来啦！黄老师送的“餐”，不是饭菜，是精神食粮。

为了运送这些精神食粮，黄老师有次差点连人带书掉到河里。

一天，黄老师到大村小学去组织少先队活动，他骑着一辆除了铃铛不响处处响的二手自行车，车上载着书箱。

易涨易退山溪水，真是不假。黄老师去的时候，途经一条河，那时河水清浅；等他回来时，已是下午5点多，再远远望见那条河时，发现河水涨得很高，几乎漫过了河上的小桥。

黄老师骑车走在田埂上，看到高涨的河水，一愣神便摇摇晃晃失去重心，连人带车带书箱栽到了田里。

幸亏田间是软泥，人没伤着。黄老师爬起来，顾不得满身泥，环顾四周，天色渐晚，附近也没有村庄。黄老师心想，糟了！若不回家，今日不知在哪里过夜。

继续朝前走吧，河水凶险，心有余悸。黄老师想起了他在报考钦州师范学校的路上，因为抄近路游泳过河差点被淹死的事情。

现在这前不着村后不着店，怎么办啊？若光是人走，就好办多了。

丢车？舍不得。丢书？更舍不得。

黄老师站在那里，进退两难，犹犹豫豫了差不多半个钟头，仍旧不敢动身。正如山歌唱的：左也难来右也难，好比鲤鱼上河滩。

天渐渐黑了下来，再不走，就看不见路了，到那时，才真是叫天天不应，叫地地不灵。

黄老师横下一条心，决定趁着还看得见路，找水浅的位置走，搏一把吧！

黄老师卷起裤脚，把书箱从自行车上卸下来自己背着，并扛起自行车，哼哧哼哧涉水过河。

黄老师选择水下凸出的石头落脚。虽然河上有一座松木搭起来的独木桥，但那桥又湿又滑，很不好走。河水已经没到了膝盖，但还好水流不算湍急，也浸不到书箱。

黄老师提心吊胆，一步一步试探着往前走，可谓步步惊心。好在有惊无险，总算过了河。

一到河对岸，黄老师浑身被汗浸透，也不知是累出来的热汗，还是吓出来的冷汗。

黄老师放下自行车和背上的书箱，坐在地上直喘粗气，仿佛手脚都不是自己的了，骨头像散架了似的。

不过黄老师也暗自庆幸，冒险渡河，还好平安无事……

## 2. 黄老师“送餐”来了

十万大山很大，流动书箱很小。可这小小的书箱，却温暖了大山几十年。

一天，防城区十万山瑶族乡太平小学举办一年一度的六一节庆，黄老师如约赶来。他胸前戴着红领巾，背上背着书箱，与学生们共度佳节。

黄老师的背上，承载着学生们的期盼。

“黄老师，黄老师来啦！”

“黄老师好！”

“同学们好！祝你们节日快乐！”

学生们一见到黄老师，就欢呼雀跃地朝着他跑过来。他们知道好看的书来了，好听的故事来了。

黄老师一见到学生们，脸上放光，眼睛发亮，也乐得像个小孩子，一下子年轻了许多。

阅读，也是“悦读”。

太平小学校门口，跟那垌小学一样，也有一棵盘虬卧龙般的古榕树。树上的伤疤，是苦难的记录，写满了传奇；这些伤疤又像是一只只眼睛，冷峻地审视着世事，仿佛山村里发生的一切，都不能逃过它们的观察。

在那垌小学的那些日子里，榕树“老公公”也是这样，平静而淡定，没有焦虑，没有激愤，无论严寒酷暑，无论雨打风吹，一年四季就这么绿着。

见到黄老师来，榕树“老公公”好像跟学生们一起乐了，乐得笑弯了腰。

黄老师卸下背上的书箱，坐在树下。学生们围着他。

黄老师拿起一本书介绍道：“这上面有好多你们喜欢的故事，我先给你们讲里面的一个关于壮锦的故事……”

于是黄老师动情地讲起了《一幅壮锦》的故事。

从前，在大山脚下住着一位老妈妈和她的三个儿子。老妈妈织得一手好壮锦，靠卖壮锦维持一家人的生活。

有一天，老妈妈在集市上看到一幅画，那画上画的是一座村庄，有田园、花园、房屋、池塘和成群的鸡鸭牛羊。老妈妈下定决心，要把画上那美丽的村庄织成一幅壮锦。

老妈妈不分昼夜地织啊织啊，松油灯把她的眼睛熏出了眼泪，眼泪流到了壮锦上，老妈妈就在上面织成了小河和池塘；她的手被针扎破了，鲜血滴在了壮锦上，老妈妈就在上面织成了太阳。

一连织了三年，美丽的壮锦终于织成了，老妈妈真高兴啊！

突然，一阵狂风刮来，把壮锦卷上了天空，壮锦向东方飞去，一转眼就不见了。

故事说到这里，黄老师一下子停住了。学生们急切地问："后来呢？"

黄老师不紧不慢地说："后来啊，你们自己看书好啦，我这里就有一本书，谁想看呀？"

每个人都有好奇心，学生们的好奇心总是会更强烈一些。黄老师讲故事经常只讲一半，故意制造悬念，以此来激发学生们的阅读欲望，让学生们自己看故事的后半部分内容，从而达到激发他们的阅读兴趣、培养他们的阅读习惯的目的。

好习惯，好伙伴，身边总有书相伴。阅读的好习惯，能够让学生们受益终身。

黄老师打开书箱，拿出里面的图书，分给学生们阅读。

黄老师知道学生们喜欢读故事书，如《岳飞传》《雷锋的故事》《小马过河》《地道战》《地雷战》《故事大王》《一千零一夜》《鲁滨孙漂流记》《安徒生童话》《伊索寓言》《汤姆·索亚历险记》……这些书是书箱里的"明星"，对学生们来说也是有益的精神食粮。

有些书泛黄了，有些书卷了角，有些书被透明胶粘补过，这些书显然是经历了好些岁月，被许多学生的小手翻阅过。

没有哪个学生是不喜欢读故事书的。学生们一拿到书，便迫不及待地坐在盘坐于地面的榕树根上翻看起来。

黄老师说："我们的语文课本里，有一篇课文叫《王二小》，我这里还有一本连环画《少年英雄王二小》。老师之前讲的民间故事是传说，可王二小的故事是真实的，有一首歌就是唱王二小的故事的，叫《歌唱二小放牛郎》。"

说着，黄老师就唱起来：

牛儿还在山坡吃草，
放牛的却不知哪儿去了，
不是他贪玩耍丢了牛，
那放牛的孩子王二小。
……
秋风吹遍了每个村庄，
它把这动人的故事传扬，
每一个村庄都含着眼泪，
歌唱着二小放牛郎。

黄老师唱的是叙事歌曲，旋律悠扬动听，歌词朴实感人，这么长的歌词，黄老师竟然都能记得住，都能唱得出。学生们听得入了迷，沉浸在英雄王二小的故事里。

他们佩服黄老师的好记性，也佩服黄老师的嗓音，更佩服少年英雄王二小。

唱完了歌，黄老师看着身边的学生们，语重心长地说："王二小当时的年纪跟你们差不多，你们今天幸福地生活着，他却为抗日献出了年轻的生命，他的牺牲换来了我们今天的美好生活。我们歌唱英雄王二小，就是为了不忘历史。我们今天有吃有穿有书读，要万分珍惜现在和平、幸福的时光。你们要勤奋学习，增长本领，长大以后报效祖国。"

随着山村晨雾的渐渐散去，一轮红日喷薄而出，湛蓝的天空如大海，雪白的云朵如浪花。

榕树"老公公"沐浴在金色的朝晖里，看着树下如饥似渴读书的学生们，笑得弯下了腰。

黄老师不再说话，静静坐着，让学生们安静享受阅读的快乐时光。

当太阳收起了余晖，太平小学学生们的读书活动也结束了。

时间过得太快，学生们依依不舍地把书放回流动书箱里。

学生们舍不得离开黄老师，但黄老师要回家了。黄老师背着书箱，消失在学生们的视线中。

学生们站在榕树下，望着黄老师的背影，目送着他离开，期盼着他的下次到来。

黄老师背着书箱远去了。学生们不知道他下一站会去哪里，但他的书箱肯定会在十万大山间继续流动。

如果学生们是云，黄老师就是他们的蓝天。

如果学生们是即将远航的船，黄老师就是他们的大海。

如果学生们是一群小鸟，黄老师就是榕树，是他们的栖息之处。

黄老师背着书箱远去了。黄老师跟学生们在一起时，感到有未来，有诗意，有远方，有快乐，有期待，有希望。想到这些，他常常会莫名地心动。

黄老师背着书箱远去了。他舍不得可爱的学生们，因为他爱学校，爱少先队，爱文艺，爱创新，爱一切新鲜美好的事物。他那双充满好奇的眼睛，能敏锐地发现学生身上细微的变化。

黄老师背着书箱远去了。他踏着夕阳的背影，渐渐淡去。他的大爱，像榕树浓浓的绿，绿在学生们的眼前和心中，永不消失。

黄老师背着书箱远去了。十万大山，在他的脚下越来越小；流动书箱，在学生们的眼中越来越大。

## 3. 快乐的阅读人

从那垌小学到那良小学，从防城二小到各地山村的教学点，这么多年，黄老师共花了多少钱为学生们买了多少册图书？他背上的书箱究竟到过多少地方？有多少学生通过“流动书箱”接触到人生的第一本课外读物？有多少学生受惠于黄老师的书箱，得到精神的滋养？无法统计。黄老师自己也说不清楚。

黄老师只是说，还要为学生买更多的好书，把书箱背到更远更多的地方，把一本本好书送到更多山区学生的身边。

黄老师为学生们的倾情付出，让一些所谓的“聪明人”觉得他有点犯傻，有人问黄老师：“学生毕业了，谁记得你黄老师？你花钱出力，不觉得亏吗？”

黄老师反问：“如果你把他们都看成是自己的孩子，你还觉得亏吗？”黄老师又接着问道：“读书的成本投入低，收效却大，且读书是世间一等快乐的事情，我喜欢同孩子们分享。你说我是亏，还是赚？”

有道是，书山有路勤为径，学海无涯苦作舟。这后半句的“苦作舟”，黄老师并不认同。他认为，学习怎么会是苦的呢？要说苦，也是甜中一点苦。

多读书，读好书，多么美好的享受啊！

寒冷的时候，书是一盆温暖的火；炎热的时候，书是一阵清凉的风；饥饿的时候，书是一碗香甜的粥；口渴的时候，书是一杯暖暖的茶；孤独的时候，书是一个亲热的伙伴；怕黑的时候，书是一束明亮的灯光。

书可以是蔚蓝的大海，是无垠的蓝天，是光芒四射的红日，是皎洁柔和的明月，是一片新奇美妙的天地。

黄老师觉得自己作为教育工作者，推广读书，任重而道远。

黄老师常说，有时候我们以为自己做得足够好了，其实不然。尤其是与以色列和德国相比，差距甚大。以色列人均阅读量居全球第一，德国也是名列前茅。

以色列的父母从小就培养孩子爱读书的习惯。据说，在孩子出生后不久，以色列的父母就会读书给小孩听，每读一段就给孩子舔一下蜂蜜。等孩子长大一点之后，父母就在书上滴一点蜂蜜，让小孩自己去读书、去舔书上的蜂蜜，感受书甜如蜜的美妙。

在以色列的许多家庭中有一个传统，那就是书橱一定要放在床头。而且，书损坏了一定要修补。如果书破旧得不能再看了，以色列人便挖个坑将书埋葬。这个葬书仪式，孩子一定要参加，这是为了让孩子体会：书是生命。

而在德国，车站、咖啡馆、草坪等许多公共场所，随处可见阅读者。

德国的许多家长认为，阅读是最佳的教育。所以德国的很多孩子出生后的第一个玩具就是图书。父母每天在孩子睡前为他们念书或陪着他们一起阅读。德国政府也把阅读视为一项推动儿童启蒙的社会工程。小学五年级的学生可以获得一张赠券，免费在图书馆领取一本书。不仅如此，德国的小学生下午放学很早，他们的课余时间会参加各种朗读活动。而且德国很多社区附近有公益书亭，里面放满了二手书，大家可以随取随放。

“没有书架的房子，等于房子没有窗户。”以色列和德国的许多家庭都有书柜或书架，那不是摆设，而是真正为阅读服务的。

黄老师觉得自己为学生们做的实在太少了。比起以色列和德国来，中国孩子的人均阅读量远远不够。

黄老师几十年如一日，背着流动书箱，与学生们分享阅读的快乐，与他们一起在阅读中成长。黄老师为了阅读这件世间一等的好事乐事，不怕麻烦，1955 年至今，从那垌小学到那良小学，再到防城二小，他每年为学校陆续添置的主要“资产”，就是图书，他背上的主要行李，也是图书。

他走到哪里，哪里就是图书室。

他走到哪里，哪里就是学生们的精神家园。

# 可爱的家

俗话说，男大当婚，女大当嫁。1984年，黄老师45岁了，却依然单身。

他为什么一直不结婚呢？

主要有三个原因：一是，他要负担两个弟弟的生活费，没钱结婚；二是，他一心扑在教学上，怕家庭琐事耽误了时间，影响了教育事业；三是，他出身富农家庭，当时他总担心自己“成分”不好，耽误人家姑娘。

其实，早在那垌小学的时候，黄老师就很“抢手”了。

当地有一户人家托媒人带话给他，说有个女娃喜欢他，只要供她读书，以后这个女娃就是他的媳妇了。

黄老师哪敢答应。当时的黄老师既没钱也没时间。他觉得自己年纪还小，婚姻大事不着急；而且结婚太早，家庭琐事分散精力，没法专心于教育事业。

那垌小学里还有个姓杨的女教师，她很欣赏黄老师，想把自己的妹妹介绍给他，她妹妹也喜欢黄老师。

黄老师还是没答应。他不是不解风情，而是有许多顾虑。他考虑到自己出身不好，不愿意连累别人，所以一直逃避婚姻。

无迹方知流光逝，有梦不觉人生寒。随着时光的流逝，黄老师结婚的障碍都消失了。

黄老师的两个弟弟已经参加工作了，不再需要他负担生活费了；知识分子政策落实了，他的工资也涨上来了，囊中羞涩的窘况已不再有；改革开放的春风，吹掉了他头上那顶“富农”的帽子，多年来“家庭出身不好”这个沉重的包袱，压得他喘不过气来，现在好了，他的政治待遇恢复了。

而且，黄老师积累了丰富的教学经验，教学工作已是得心应手。如果配偶选得好，成家不但不会妨碍他的教学事业，还可以让他没有后顾之忧。

于是，就在这一年，黄老师的婚姻大事被提上了日程。

黄老师的叔叔婶婶做起了红娘，开始帮他物色合适的对象。

无巧不成书，一个女子的亲戚也在帮她物色合适的对象。

她叫刘福珍，是华石镇冲敏村人，高中文化，未婚。

他们说，黄老师是个很正派的人，平时不抽烟、不喝酒、不打麻将、不跳交际舞，业余时间都花在学生身上了。他们说，相亲这种方式，虽然老套，但是很适合黄老师，用时少，效率高，直奔婚姻主题，无须拐弯抹角。

两家亲戚一张罗，两人就约到了一起。

相亲这天，黄老师穿了一身干部装，刘福珍也精心打扮了一番，穿戴得整整齐齐，双方都力求给对方留下一个好印象。

两个人见了面，黄老师看刘福珍，个头中等，五官端正，慈眉善目，看上去人也老实本分，就有几分中意。刘福珍看黄老师，两道浓眉下面有一双真诚善良的大眼睛，一表人才，斯斯文文，谦谦君子，又是知识分子、知名教师，人品可靠，待人接物有板有眼。

他们是线头穿进针孔里——对上眼了。

黄老师比刘福珍大 23 岁，但是刘福珍不在乎，她认为年纪大有年纪大的好处，成熟稳重，会体贴人。

黄老师与刘福珍谈了一段时间的恋爱，双方都比较满意，很快就到了谈婚论嫁的阶段。

黄老师对刘福珍说："老话讲，嫁汉嫁汉，穿衣吃饭，有几件事希望你可以考虑清楚。第一，我没有什么钱，是月光族，所有的积蓄，只有50多块钱；第二，我没有时间，我手头有很多事情要做；第三……"

刘福珍不等黄老师说完，就打断了他："不用讲那么多了，我愿意嫁给你，是看你人好，可以托付终身。你没有钱不要紧，你每个月有工资，够我们吃够我们用就行了。你没有时间，我来做家务，你腾出时间来搞教学。"

"真的吗？"

"当然啦。"

"那我们结婚吧！"

"好的！"

于是黄老师和刘福珍喜结良缘。

因为黄老师结婚太晚，所以即使是新婚，他们也习惯互称"老伴"。

他们选择终身伴侣的标准，不是门第和金钱，而是才能和德行。有了这个标准，就能同经风雨，共享彩虹。

黄老师终于成家了。

家是什么？

在黄老师的幼年时期，家是一个箩筐，一根扁担；在黄老师的工作时期，家是校园，是孩子们，是一本本图书、一个个儿童故事，是一段磨炼意志的艰苦时光。

如今，黄老师和刘福珍的家，是爱的博物馆，是丈夫的写作室，是妻子的后勤保障部，是辅导员的接待站，是边境少年的培训基地，是孩子们心灵的栖息地和精神的乐园。

家，可爱的家，温馨和谐的家。

黄老师和刘福珍的新房在防城二小的教师宿舍里，是在20世纪80年代的老楼房里。50多平方米的两室一厅被收拾得干净整洁，还腾出一个房间来做了家庭阅览室，供学生们课余时间来看书。

室雅何须大，花香不在多。

除了床桌凳等老得掉漆的家具，家里最显眼的就是柜子里塞得满满当当的奖状、书本和工作手册。工作手册里写满了黄老师的活动设想、设计、信息、实践、思考和建议。

可爱的家，墙上挂着防城港市的地图，地图上用红笔标满了黄老师走过的乡村学校，看上去像一个个马蹄滴血的脚印。

黄老师两口子的财产虽然不多，但是他们很幸福。没有花前月下，没有海誓山盟，只有日常生活的点点滴滴，只有锅碗瓢盆的交响曲。

刘福珍践行了自己婚前的诺言，几乎承担了所有的家务，默默支持丈夫的教育事业。

黄老师先后自掏腰包两万多元为山村学校的少先队添置活动设备，她毫无怨言；黄老师赶早搭车下乡，她天不亮就爬起来给他做早餐；黄老师熬夜修改方案，她给黄老师煮夜宵；黄老师晚上贴板报，她在一旁帮拿东西，举灯照明；黄老师那些大大小小的客人们——少先队辅导员、小学生到家里来，她端茶倒水，热情接待……

他们俩相敬如宾。

组织上也很照顾这个家，安排刘福珍在学校里做校务。她高中毕业，打字、收发报纸及信件等日常事务，绰绰有余。

一年之后，他们有了可爱的宝贝女儿，取名黄珊珊。

这一年，防城港市向社会公开招聘小学教师，黄老师动员妻子去报考。刘福珍说："你忘记了？当初我们就有约定，我承担家务，帮你腾出时间搞教育事业。"

黄老师说："家里多一个人做教师多好啊！如果珊珊长大了也做教师，我们就是教师之家了。"

"我如果去做教师的话，你就要分担家务了，精力也分散了。你的时间宝贵，我还是不去考了。如果珊珊将来做教师的话，家里就有两个教师了，也是教师之家。”刘福珍说。

黄老师认真思考了刘福珍的话，也就同意了她的说法，说道：“好吧，尊重你的选择。”

所以黄老师将“教师之家”的希望放在女儿身上，希望她能女承父业。

黄老师认为，父母只需在平时将自己的敬业态度、职业精神展示出来，言传身教，孩子耳濡目染，长大以后自然而然就会选择教师这一行。

在女儿的记忆中，爸爸从来不打她骂她，即使她做错了事，爸爸也是讲故事给她听，让她从故事里悟出道理，知道自己错在哪里。

爸爸说过，他幼年时经常被体罚，面对暴力，那时年幼的他只能恐惧而又绝望地承受。

爸爸还说过，小孩是弱者，是最需要呵护的幼苗，轻微的体罚，对他们来说可能都是巨大的打击。

在女儿的记忆中，爸爸倾注心血来爱孩子、爱学生，民主、平等地对待自己和学生；他尊重孩子，总是极力去维护孩子们的自尊心和帮助孩子们树立自信心。

在女儿的记忆中，爸爸是个书痴，手不释卷，吃饭的时候还拿着书边吃边看，把它当作下饭的菜。买书、读书、赠书、藏书，是爸爸最大的爱好。在并不宽敞的家庭阅览室里，各种少儿书籍占了三分之二的空间。

在女儿的记忆中，爸爸起得比鸡早，睡得比猫头鹰晚，干的活比牛还多。半夜里，常常是妈妈和自己睡了一觉醒来，爸爸还在灯下写写画画。

妈妈告诉她，爸爸不是在改学生的作业，就是在写少先队的活动方案。

妈妈还告诉她，爸爸有个电话本，那是备忘录，是爸爸的“武林秘籍”，上面记着学生的家庭住址、家庭电话、生日、特长、优缺点等，作用可大啦！

双休日，爸爸会打电话给“电视迷”学生提个醒，告诉他们不要因为看电视而忘记写作业。

学生的生日，爸爸会送上一两本书，在书上写几句励志的话。

遇到有烦恼的学生，爸爸会和他们打乒乓球，或者下一盘棋，或者出几个脑筋急转弯题让他们猜，然后跟他们谈心。

在女儿的记忆中，爸爸没有节假日，只有工作日。什么叫作“五加二”“白加黑”，爸爸已经用自己的行动诠释了。

妈妈对女儿说，每次她看到爸爸的体检表，都胆战心惊的，体检表上显示，爸爸已患有多种疾病了。

可是女儿看到的爸爸却并不一样，爸爸仍旧戴着红领巾笑呵呵地忙来忙去，在边境的学校间跑来跑去。

爸爸用亲身经历告诉女儿：老师真的不好当啊！女儿看到当老师的爸爸实在是太辛苦了，许多操心的事情，学生和学生的家长看不见，她却看见了。

女儿不想当老师，爸爸不急也不恼，他抚摸着女儿的头，温柔地问：“当老师不好吗？”

“好什么！没有节假日，没有周末，不分白天黑夜地忙个不停。”

“你还小，爸爸不怪你。你不知道教书育人这种充满爱心的工作，有多么快乐！这种快乐，等你长大了，才能体会得到……”

女儿在爸爸身边，渐渐长大了。

她看到，当老师的爸爸只要接触到学生，就整天乐呵呵的；爸爸只要一见到学生，就像是见到了金娃娃。

为了这样的快乐，爸爸的生活节俭朴素，一件衣服不知道穿了多少个春秋，一辆自行车一骑就是十几年。

爸爸把省下的钱都用在了教育上。这些钱不是拿去给少先队买书、做活动，就是拿去给乡村学校的少先队辅导员建少先队队室；不是用在边境调研的路上，就是用在往来于各所山村小学的途中。

长年累月，不知花了多少钱。

一天，有个同学问黄珊珊：“你爸爸为国家做事，还要自己掏钱，不合算吧？”

她答不上来，只好回家问爸爸。爸爸微笑着，不假思索地说：“合不合算，看你怎么算。我是国家的人，工资也是国家给的，拿点工资用在有用的地方，不应该吗？你说合不合算呢？”

“嗯，合算。”女儿略有所悟地回答。

爸爸独特的算法，让女儿心服口服。

女儿在《长大后，我就成了你》一文中写道：“爸爸这句话朴实得掉渣，却够我学一辈子……”

在爸爸身边的时间长了，女儿终于悟出，爸爸会讲故事、会编歌曲、会设计各种新颖的活动，都源于他对学生的爱、对学习的爱、对教育事业的爱以及对祖国的爱。

他的爱，是热爱，是大爱。这种热爱和大爱，是爸爸快乐的源泉。

难怪，爸爸那么喜欢孩子；难怪，孩子也那么喜欢爸爸；难怪，边境山村小学的孩子们一看到爸爸，都会冲过来喊：“黄老师来啦！黄老师好！”

女儿读懂了爸爸，理解了爸爸的快乐。

是啊，这个世界上，没有哪个职业能像教师这样，拥有孩子们最纯净的爱。

爸爸的言传身教，对女儿影响很大。女儿渐渐长大了，理解了爸爸的苦心，学会了担当，懂得了感恩。

为了下一代而忘我地工作，这是一种多么高尚的情操！

一个懂得感恩的人，怀着一颗善良的心，珍惜得到的一切，长大了也会因为感恩而回报一切。

1995 年 9 月 10 日，教师节这一天，是黄老师永生难忘的日子。

这一天，他光荣地加入了中国共产党。整个入党仪式他都非常激动。

黄老师记得，早在钦州师范学校读书时，他的老师就说，人的一生，有三件大事：入队、入团、入党。他入队之后，也曾积极向组织靠拢，要求进步，想加入中国共产主义青年团，但是当时由于自己出身富农家庭，所以没能如愿。

这一天，他终于入党了！多年来梦寐以求、孜孜以求的愿望，在这一天终于实现了，怎能不激动？

他站在鲜艳的党旗前举起右手对党旗宣誓时，手是颤抖的，声音是坚定的；

他说出“我志愿加入中国共产党”这句誓词时，眼眶是湿润的。

黄老师又有了一个家，党组织也是他可爱的家、温暖的家。

带着入党和节庆的双重喜悦，黄老师满面春风，一踏进家门就迫不及待地对妻子说：“福珍，告诉你一个好消息，我入党了！”

黄老师像年轻了几十岁，又回到了孩童时加入少先队的时光。

刘福珍说：“祝贺你！又是过节，又是入党！”

入党了，黄老师终于锁定了人生目标和信念；入党了，黄老师觉得自己仿佛被注入了新鲜的血液！

刘福珍做了一顿可口的饭菜，一家人以茶代酒，共同庆祝双喜临门。

这天晚上，黄老师兴奋得睡不着，半夜里又把妻子推醒，说：“福珍，我是党员了！”

“睡觉吧，你已经告诉过我了，明天还要上班呢。”

“我还要告诉你，我现在是党员了，是党员教师了，责任比以前更大了！”

爸爸妈妈的私房话，被女儿听到了。

女儿决定了，她也要像爸爸一样，去做一名边境山村小学教师，走进校园，走进孩子们的心。

# 教育工作是特效药

黄老师由于工作出色、能力较强，来到防城二小一段时间后就被任命为副校长。自从当了副校长，他就更忙了。他像一匹马，拉着行政和教学两架车，在边境山路上跋涉，一步步向前。马蹄磨穿了，鲜血撒了一路，他自己却浑然不觉。

文武之道，一张一弛。身体就像一台精密的仪器，不用就会废掉；但过度使用而不注意保养，会出故障，故障不及时排除，身体也会受不了。

健康是 1，事业、家庭等都是 0。0 要在 1 的后面，数字才能十倍百倍地增加；如果 0 跑到 1 的前面去了，数字只会越来越小。所以，身体健康是第一位的。

长时间超负荷工作，让黄老师的身体严重透支，他的身体已多次发出“警告”并“严正抗议”。

1993 年的一天，黄老师正在上课，忽然觉得腹部阵阵绞痛，黄豆大的汗珠从额头上冒了出来。他双手捂着肚子，蹲下身来不住地呻吟。

大家赶紧把他送到广西医科大学第一附属医院。

医生一检查，发现黄老师得的是精原细胞瘤，便要他立刻住院准备手术。

手术过后，黄老师从麻醉中醒来，对身边的医生和护士笑了笑，虚弱地说：“我以为这次我要死了，再也见不到我的学生和孩子了。”

主刀医生说：“死了还能讲话？黄老师，您死不了，您的学生都在病房那里等着您呢！”

黄老师被推车推进病房时，在那里焦急等候的学生们鼓掌欢呼，庆祝他手术顺利。同学们还给敬爱的黄老师送上鲜花，放在他的枕边。

躺在病床上脸色苍白的黄老师抿了抿嘴巴，不知说什么好。

孩子们哭了，又笑了……

手术后，黄老师还要经历放疗和化疗。

这些治疗过后，黄老师整天恶心，头发一把一把地掉，人一下子瘦了二三十斤。他整个人非常虚弱，只能靠在病床上，让老伴一勺一勺地给他喂粥。

女儿来到病房探视，几乎都认不出自己的爸爸了。

母女俩回到家，抱头痛哭。妈妈和女儿都是坚强的人，平时很少落泪。但这次她们都哭了，哭得很伤心，她们不知道黄老师能不能闯过这道鬼门关。

黄老师望着镜子里自己憔悴的面容、呆滞的目光，不禁有些沮丧。

难道就此油尽灯枯了吗？

人固有一死，死，有什么可怕的。

他放不下的是学校，挂念着的是学生。

黄老师住院的消息，牵动着人们的心，社会各界纷纷给他捐款。一份份慰问品和慰问金，一封封来自学校、机关、工厂的慰问信，送到他的病床前。

一百多封师生的来信，摆满了病床。黄老师一封一封地读，一次又一次地被感动：

黄老师，快点好起来吧！我们还等您回来解烦恼和快乐游戏呢……

黄老师，每天上课铃声一响，我们都特别安静地在教室等着您来上课。可是一次次等，一次次失望，我们多么希望您治好病回来给我们上课……

黄老师，是不是因为我们不听话，惹您生气，您才生病了？我们知错了，我们一定改，我们一定不再让您伤心……

确诊为恶性肿瘤时，黄老师没有哭；做手术、放疗、化疗最痛苦时，黄老师没有哭；然而读完这些信时，黄老师却忍不住落泪，泪水打湿了枕边的信件。

黄老师在信中读出了期待，读出了温暖，读出了关爱，他觉得有了精神，有了力量。

黄老师想，大家这么关心我，孩子们需要我，学校还有一大堆事情等着我，我没有理由不回去，没有理由不努力战胜病魔。

于是，黄老师振作起来，在病床上就开始设计校园文化活动，用乐观精神和积极工作向病魔发起挑战。他问医生："我还要在这里住多久？"

"你要想多活几年，就要做七个疗程，一个疗程大约要一个月。"医生说。

"那至少要半年多，太久了。"他跟医生软磨硬泡，要求将疗程尽量缩短。

经过一段时间的治疗和思考，黄老师决定："躺在病床上数日子没意思，趁着我现在还能动，我要回学校做点有意义的事情。"

仅仅做了三个疗程，他就出院了，又回到了学校。医生埋怨他是最不听话的病人。

刚回到学校，黄老师就拖着虚弱的身子陪同一群师范学校的学生去调查边境山区的文化教育，还去探望了山区的留守儿童。由于有病在身，他常感到呼吸困难，走一段路就要休息一阵，偷偷服几粒药。

黄老师说："教育工作就是我的特效药。"

医生告诉他，他的恶性肿瘤目前没有办法根治，乐观估计，他最多可以活三五年。

妻子刘福珍心疼地说："为了工作，你连命都不要了！"

黄老师说："我不是不要命，只是觉得时间紧。多少癌症病人都是钱花光了又死在了病床上，人财两空。我还不如回来工作，有一分热，发一分光。”

女儿问爸爸：“你一身的病，怎么一点也不爱惜自己？”

黄老师说：“整天和少先队员们在一起，开心得要命，病就吓跑了。”

女儿跟妈妈说：“你要劝劝爸爸爱惜身体，少工作多歇息。”

妈妈叹了口气，说：“劝有什么用？你爸这个人不怕病，最怕不能工作。”

性格决定命运。人世间，举凡那些事业有成者，无不具备坚忍的性格。有了坚忍的性格，苦难不能令他灰心，挫折不能让他丧志。无论路途有多么坎坷，无论前方有多少困难，他总能坚持着、忍耐着，一步一个脚印，向前，向上，走向崇高……

黄老师坚忍的性格，让死神也退避三舍。

20 多年过去了，黄老师创造了奇迹，至今仍然快乐地忙碌着。

他在学生中间，找到了无穷乐趣，忘记了病痛。

做完手术 5 年之后，黄老师有次到南宁出差，去看望他的主治医生，顺便复查。复查的结果令医生感到惊讶，医生问：“你这段时间是怎样治疗的？”

黄老师说：“哪有治疗？出院后，工作一忙，就忘了自己是个病人，忘了定期复检，有时还会忘了吃药。”

医生感慨：“看来，意志的力量和乐观的态度，会对治病起到药物达不到的特殊效果，教育工作就是你的特效药啊！”

青壮年时期的黄永腾
如同榕树的儿女——气根
逐渐长成了新的树干

一年四季，榕树都在变化
春天嫩绿，像绿色的旗帜在风中诉说希望
夏天翠绿，像巨大的遮阳伞为人们送来清凉
秋天深绿，落叶融入泥土做了肥料
冬天墨绿，默默积蓄力量，等待新年的太阳

# 下编 / 夕阳

晚霞
燃烧着
玫瑰色的余晖尽情释放
浩瀚的大海
海浪袭击着礁石
与灯塔一道
在霞光中闪烁温暖的光芒

# 红领巾护界碑

## 1. 界碑神圣

1999年，黄老师60岁了，花甲之年，该退休了。

退休手续办了，人却没退，防城二小返聘他回校。副校长不当了，原来的课还要继续上，黄老师还被聘为防城二小少先队顾问。后来，防城港市教育部门也觉得黄老师做少先队工作有一套，故聘请他担任防城港市少先队总顾问。此外，他还是防城港市38所中小学志愿者服务队的总顾问、“五老宣讲团”成员、“老少结对，关爱服务”等活动的积极分子。

人们好心劝他，既然退休了，身体又不好，就不要那么辛苦了。

可是黄老师乐在其中，他是个闲不住的人，在学生中间，他才快乐，才能战胜病魔。

身患癌症的黄老师，虽然不怕死，却有了一种紧迫感：时日无多，要与时间赛跑。

黄老师决定，一要尽可能地多上课，多关注山村小学的学生，尤其是后进生；二要多为少先队做些创新活动；三要传帮带，多开讲座多培训，多培养少先队优秀辅导员；四要培养自己的女儿成为优秀教师；五要多参加“五老宣讲团”的公益活动，为下一代洒下自己的一片夕阳红。

每天都要抓紧，每时每刻都要抓紧，把每一天当作最后一天来过。

黄老师觉得，60 岁真的不能算老。

想当年，政治家、军事家姜子牙，年过古稀，却屡建奇功，是西周的开国元勋，是齐国的缔造者。

想当年，英雄冯子材 67 岁了，边关告急之时，国家一声召唤，他就披挂上阵，取得镇南关大捷。

自己虽然比不了姜子牙、冯子材这些建功立业的英雄，但是也能为教育事业发光发热。刚满 60，人生的下半场才刚刚开始，生命航船仍需扬帆起航。

不能退，还得继续干！

他像一个陀螺，在时间的鞭笞下，不停地旋转，无法停歇。

黄老师加足马力，将自己这辆“绿皮火车”改造成了“高速动车”，这下他更忙了。

过去他只需考虑局部，如今他要考虑整体，操心的事更多了。

学生们叫他“黄爷爷”，学生的父母称他“孩子王”，他听了美滋滋的。

退休后，黄爷爷的第一个念头就是回到那良、那垌去当少先队辅导员。他在那里度过了 20 多年的教师生涯，那里有他的青春芳华。

在回那良的途中，黄爷爷看到令人震惊的一幕：界碑红漆剥落，已破败不堪，界碑旁杂草丛生、垃圾成堆、蚊蝇乱飞。界碑上拴着一头牛，正绕着界碑吃草，牛不时将身子无所顾忌地在界碑上蹭来蹭去，用界碑来挠痒痒。

牛不懂事，不能怪它。牛的主人也不懂事，那就需要教育了。

黄爷爷还看见有的人在界碑上搭篷摆摊卖冷饮，有的人喝完啤酒后顺手将瓶子砸碎在界碑前。

黄爷爷问一位中年边民：“你知道这是界碑吗？知道界碑的重要性吗？”

边民说：“这个天天都见，它不就是一块大石头吗？”

黄爷爷问一个小孩："小朋友，你知道界碑是用来做什么的吗？"

小朋友说："这是一块竖起的石头，可以拴牛，我还爬上去玩过呢！"

黄爷爷的心被深深刺痛了！

界碑神圣，不可玷污，不可亵渎！

黄爷爷还了解到，界碑过去甚至被移动过。

边民的国防意识如此淡薄，他不禁忧心忡忡。

界碑守卫着祖国神圣的领土，守护着祖国的尊严。

边境无小事，保护界碑更是大事。爱界碑就是爱祖国、爱边境的表现，孩子们从小就要有这种意识，这一课不能缺失！

于是，黄爷爷开始在边境调查收集信息，连续好几个月没回家，独自走完了中越边境线上的所有界碑。

黄爷爷最怕麻烦别人，不想给当地教育部门造成接待上的负担，饿了就自己在路边摊吃快餐。

店主见黄爷爷往来频繁，就问："老板，又来收山货啦，是做什么大生意的啊？"

黄爷爷说："我是来旅游的。"

"旅游？不会吧！老板开玩笑了。"店主不相信。眼前的黄爷爷一不带相机，二不背旅行包，怎么看都不像是个游客。

"我是来和少先队员们玩的。"黄爷爷说。

店主就更不信了："玩？三天两头跑这么远来玩，有这样玩的吗？"

他偏偏就乐意这样"玩"。

黄爷爷还特意向学校领导说明，自己所做的一切都是自愿和义务的，车票和餐费不用报销，也不要任何补助。

边境考察之后，黄爷爷决定先在那良镇滩散小学做试点。

从防城区到那良镇滩散村，一共 83 公里的路程，黄爷爷需要换乘三次车，班车—三轮车—摩托车或拖拉机，一路颠簸 4 个多小时才能到滩散小学。

黄爷爷与滩散小学的校长廖远彬、少先队总辅导员甲世宝共同商议：如何利用本地资源，发挥地方特色，组织好护界碑活动。

经过一番调查、一番思考、一番探讨、一番设计，黄爷爷做出了崭新的活动方案。黄爷爷给滩散小学设计了“界碑在我心中”等系列活动。

黄爷爷选定了离滩散小学较近的中越 13 号、14 号界碑进行护碑活动，并在滩散小学开展“界碑在我心中”“界碑知多少”“与边防军叔叔共护界碑”“界河梆声”“争当护界碑好少年”“界碑你说我说大家说”“中国梦界碑梦”等多个系列活动，以此来增强孩子们的爱国意识。

甲世宝发现，黄爷爷总随身带着一本工作日记，看到什么，想起什么，就会随时在本子上记下来。原来，这就是他策划各种活动的“秘籍”，锦囊妙计都在这里面，他的笔记是“信息 + 设想 + 工作”的模式，一目了然。

平时遇到不懂的问题，甲世宝就打电话去问黄爷爷，每次都能有所收获。护碑活动一个接着一个地开展，黄爷爷也常常来检查活动的落实情况并进行具体指导。

1999 年 9 月，黄爷爷组织起了滩散小学第一批红领巾护碑小分队。小分队共 15 人，都是志愿者。

黄爷爷带领红领巾护碑小分队勘察界碑，清除界碑周围的杂草，和边防军叔叔一同擦拭、清洗界碑。他们还给界碑涂上了鲜红的油漆，并到河边搬石头，在界碑周围围了一圈，将界碑保护起来。

界碑变得光鲜靓丽了。

黄爷爷站在界碑前，给红领巾护碑小分队的队员们讲界碑的意义。

“防城港的边境线上一共有 33 座界碑，每一座界碑都关系着祖国的万里山河，这是我们防城港的骄傲和光荣。为了祖国的万里山河，为了守护祖国的边界，历史上许多仁人志士献出了他们宝贵的生命。”黄爷爷说，“同学们，护界碑，就是爱家乡，就是爱祖国。国家国家，没有国，哪有家！希望你们回去以后，可以把今天的活动告诉大人，让他们和你们一样，认识界碑的意义。”

通过黄爷爷的讲解，孩子们在幼小的心灵中竖起了祖国的界碑，他们无比自豪，护碑爱碑的动力更足了。

## 2. 共护界碑

滩散小学和驻守滩散村的边防部队，与界碑相距均不到 1 公里，边防军每次巡逻都要经过界碑，小学生们每天上学放学也都要经过界碑，界碑天天见。

滩散小学聘请驻守滩散村的边防部队排长黄旭文、士兵陈昊为校外辅导员，每逢重大节日或双休日，边防军叔叔就和红领巾护碑小分队开展丰富多彩的护碑活动。

黄爷爷说："边防军叔叔是大兵，你们是小兵，大兵和小兵，大手牵小手，军民结对共建，共同保护界碑。"

边防军叔叔还给红领巾护碑小分队的队员们表演擒拿格斗，讲解武器知识，拆解步枪，并训练他们走队列，还给他们讲爱国英雄的故事，队员们听得眼睛都不眨，久久不肯离去。

黄爷爷还请当地的老人给孩子们讲边境的历史故事，讲他们当年在边境如何抓"飞贼"，故事紧张，很有意思。

北部湾事件之后，美国凭借空中优势，地毯式轰炸越南北方的海防、河内等大中城市和战略要地。中国外交部抗议美国飞机频频侵入中国的桐棉、峒中、板八和东兴等地。

边防的歼击航空兵、高炮和导弹部队把这四个地方作为防守、设伏的最佳位置，专等美国飞机来钻"口袋阵"。

1967 年 8 月 21 日下午，美国两架攻击机侵入广西宁明和东兴空域，我国空军在峒中、板八一带，击落两架美机，击毙 3 名飞行员，俘虏 1 名飞行员。

俘虏美军飞行员的事情，当时报纸上还有报道，叫"民兵英雄扁担抓飞贼"。

这事说起来很有意思。美军飞行员罗伯特·费林在飞机中弹后跳伞，落在板八的山上，见有人前来搜捕，慌忙躲在树丛中。

板八山里的农民陆关林发现了他，陆关林手持扁担指着罗伯特·费林的胸口，打着手势让他投降。

罗伯特·费林从未见到过这种"新式武器"——两头尖，中间宽，扁扁的，却有他身子那么长，黝黑发亮，尖头上还有一个“准星”，他觉得这玩意儿比自己身上的手枪和匕首厉害多了，只好举手投降，乖乖跟着这个中国人走。

于是陆关林就用一根扁担押着俘虏到了边防部队。边防军人看傻了眼，采访的记者看到后也是目瞪口呆。

陆关林因此被授予“民兵英雄”的称号，与当时立有战功的飞行员一起去北京接受中央领导的接见。

20 世纪 80 年代末期，罗伯特·费林与美国海军、美国驻广州总领事馆的官员来中国访问，他的第一个要求就是要再见一次把自己打下来的空军战士和俘虏他的农民陆关林。

民兵英雄抓“飞贼”的故事，波澜起伏，十分有趣，小朋友们笑到肚子痛的同时，更在饶有趣味的故事中接受了国防教育。

国防教育不能仅停留在故事里，还要深入到实践中。

你的岁月静好，皆因有人负重前行。

黄爷爷时常问小朋友们：“小朋友们，边防军叔叔从大城市来到我们这山沟沟里，他们白天巡逻被蚂蟥咬，晚上放哨被蚊虫叮，但他们以苦为乐，为了什么？”

小朋友们明白黄爷爷的意思，为了什么？为了老百姓的幸福，为了祖国的安宁。因为有了边防军叔叔的艰苦付出，小朋友们今天才能够在学校安心读书。

渐渐地，小朋友们对界碑有了感情，每走过一座界碑，小朋友们就想着界碑还在不在，有没有人破坏它。

爱国护碑行动不断推陈出新。红领巾护碑小分队和边防军叔叔一起走巡逻路，体验部队生活，练习射击格斗，听战斗故事，制作“信号竹梆”。

红领巾护碑小分队还走山路、找界碑，给每一块界碑当“清洁工”和“守护员”，开展了丰富多彩的爱碑护碑活动。

参加红领巾护碑小分队的志愿者越来越多，国防教育的覆盖面也从滩散小学扩展到其他学校，边防部队先后与滩散小学、里火小学、民生小学等 21 所学校，共同开展“界河梆声”护碑活动。

红领巾护碑小分队，从开始的一个小队发展到现在的几十个小队，从一所学校发展到多所边境学校，现如今护碑活动的参与人数达好几万人次。

随着红领巾护碑小分队声名鹊起，边境各校纷纷响应护碑行动，学校与边防部队开展了“边境哨所执勤周”“边境孩子心向党”“军民共写护碑日记”等活动，定期交流，部队表彰护碑积极分子，为其颁发护碑的竹梆，以资鼓励。

护碑活动越做越好，黄爷爷兴奋不已，他说：“滩散小学红领巾护碑小分队，带动了周边的小学，每个边民的心中都时时敲响界河梆声。边民们知道，守护界碑就是守卫祖国。”

参与护碑行动的每个人，都是一座界碑。

## 3. 界河梆声

梆子，分为木梆和竹梆，山里人多用竹梆，因为它敲起来的声音比木梆响亮。

山里人的竹梆，最早是挂在牛脖子上的，竹梆里有个小木棍，木棍牵着一根小绳子系在牛身上，牛走动的时候，绳子牵拉木棍摆动，敲击空心的竹梆，人们通过竹梆声来判断自己的牛走到哪里了，就能很快找到自己的牛。

将竹梆运用到护碑活动中，是护碑活动的一大特色。说到护碑竹梆的制作，这可是黄爷爷的拿手好戏，他有几十年手工实践的经验，这点小事如何难得住他？

京族竹梆的样子很有特色，半月形的镂空竹子，中间穿一根竹棍，手拿起来十分方便。黄爷爷把京族竹梆拿给小朋友们看，敲竹梆给小朋友们听，梆梆梆，那声音悦耳响亮。

黄爷爷还给小朋友们讲“界河梆声”的故事。

1955 年的一个秋夜，那时他还在那垌小学做老师，半夜突然响起急促紧张的梆声，惊得他从床上爬了起来。这时有村民喊：“小黄老师你快起来，有空降特务！”

黄爷爷心想，一定要逮住那个特务，牺牲生命也在所不惜。

那时没有手电筒，大家只能举着火把四处搜寻，转了一个晚上，从深更半夜查到晨光熹微，从树林查到山洞，连特务的影子也没见着。

到底是怎么回事？想来想去，或许是特务成功躲避了搜捕，或许只是虚惊一场。

故事说到这里，当时红领巾护碑小分队的副队长温日开忍不住问道："黄爷爷，要是当时发现了特务，您真敢跟他打斗吗？"

"当然敢！那时我一心想当英雄，好不容易逮着这么一次机会，怎么能放过？没有抓到特务，没能当上英雄，我当时别提有多懊恼和遗憾了。不过，那次也没有白忙活，还是有收获的，至少让我懂得了界河梆声的召集和防卫作用。"

边境的梆声很有讲究。多棍多声，梆梆梆梆，一声紧似一声，是发现了特务或武装来犯的敌人；梆梆，一棍两声，是发现了偷牛盗马的贼情；梆梆梆，一棍三声，是贼进了屋；多棍多梆多声，许多人敲，那是在发布紧急信号，说明有人破坏了界碑。

竹梆的声音可以传得很远，听到代表紧急信号的梆声，人们就会从四面八方跑来，手持各种武器，保护界碑。

黄爷爷深情地对小朋友们说："小朋友们，当年民兵英雄抓飞贼的时候，界河的梆声，就是敌情的信号，就是搜寻的号令。界河梆声的故事有很多，你们自己去翻书查竹梆的故事，不懂的可以来问我，或者回家去问家长。"

不过令黄爷爷没有想到的是，小小的竹梆，不仅是爱国护碑的工具，还成了边防军叔叔奖励红领巾护碑小分队积极分子的奖品。

时过境迁，当年的小黄老师已经是今天的黄爷爷了。虽然黄爷爷已经不大可能成为抓特务的大英雄了，但黄爷爷始终秉承"为人民服务"的精神，正如他有句口头禅："为人民服务就是为学生服务，我的人民就是学生。"

在和平年代，悉心培育祖国的花朵，是黄爷爷报效祖国、实现英雄梦的最好选择。他数十年在平凡的岗位上倾情奉献，就是不平凡，就如界河梆声，看似平凡，却有着不平凡的力量。

## 4. 护碑之歌

护碑活动也在与时俱进，不断创新。黄爷爷接着策划了“护碑我能行”“界碑天天见”等活动。

界碑前，学生们与边防军叔叔联欢，表演文艺节目。

界碑前，学生们举行少先队员入队仪式，唱少先队队歌。

界碑前，你说我说大家说，老师、边防军叔叔和少先队员们讲界碑的故事，讲钦防起义的故事，讲冯子材、刘永福等英雄的战斗故事，讲自己在护碑活动中激发出爱国情怀的故事，讲自己改正缺点成长的故事……

黄爷爷不仅制作了护碑竹梆，还做了护碑竹桶、活动照片集、界碑模型、界碑分布平面图等。

黄爷爷还用心绘制了图文并茂的《爱界碑，护界碑》《护碑公约》《界碑知多少》《国威军威》等宣传小册子，并将宣传小册子发放给学生们，让他们带回去给大人看。

学生们更是随身带着宣传小册子，随时向家人、向小伙伴、向村民进行爱护界碑的宣传。田间地头，农家小院，到处都有他们的身影。

一些家长读了宣传册后，懂得了护界碑就是爱国家，态度转变很大，十分支持自己的小孩参加护碑活动。

滩散小学一个读过宣传册的学生告诉自己的爷爷，在界碑上搭篷摆摊是不对的，要像爱护自己的眼睛一样，爱护界碑。爷爷听了孙子的提醒后，心服口服，改正了自己的错误。

参加护碑活动，对学生们来说，是光荣的使命，更是一种爱国行为。

有一个滩散小学的学生，父母到海南打工，想把他也带去那边读书。这个学生虽然也想在父母身边，但他更愿意陪伴着界碑、守护着界碑，他跟黄爷爷说：“黄爷爷，我不想去海南，我想继续留在红领巾护碑小分队。”

于是黄爷爷给这个学生的父母打电话，告诉他们，他们的孩子在这里做着一件维护祖国母亲尊严的事情，非常有意义。

黄爷爷还告诉他们，加入红领巾护碑小分队是有门槛的，要经过选拔，要懂得界碑的知识，要知道祖国的边防线，要会唱护碑之歌，要做许多好事。他们的孩子被选入红领巾护碑小分队，是孩子的光荣，也是父母的骄傲。

这个学生的父母听后，决定尊重孩子的意愿，欣然同意他留在了红领巾护碑小分队。

在黄爷爷的带动下，防城港市许多边民都来参与爱碑护碑行动，甚至有很多家庭一家三代人都加入了爱碑护碑行动。

爱碑护碑活动，使边民们提高了觉悟，许多边民也常常和学生、边防军一起护边巡逻。

一天，滩散村的村民丁石，见到有外地的客商为了抄近路运货，竟然在中越的界河上填石铺路，他严肃地告诉客商："你不能这样做，界河是两国的分界，你这样做，很容易引起两国之间的国土纷争。"

客商不听劝阻，丁石只能把情况反映给边防部队，边防军及时制止了客商的行为。

自从开展了爱碑护碑活动，变化最大的就是滩散小学的学生，讲脏话、乱扔垃圾的现象没有了，讲文明、讲卫生、讲礼貌蔚然成风。

有记者来采访，感慨爱碑护碑活动是军队与百姓、村庄与学校、村民和学生同奏一支爱国曲，同唱一首边防歌。

黄爷爷听后就想，当地有唱山歌的习俗，以歌传情，以歌叙事，以歌述史，爱碑护碑活动如果能用歌来传唱，岂不更深入人心？

于是黄爷爷先写了歌词，然后请专业人士帮忙提意见，没承想歌词不仅不用修改，还得到了专业人士的大加赞赏。

歌词创作成功后黄爷爷急着找人帮忙谱曲，可是谱曲是要报酬的，报酬还不低，按市场价格算，一个小节至少要 800 元。

黄爷爷一算，我的天啊！给一首歌谱曲至少要上万块钱，哪来这么多钱啊？

那我就自己谱曲吧，又不是没谱过曲。黄爷爷索性连词带曲"一勺烩"。他借鉴了广西山歌的音乐元素，发挥想象力，创作了两首歌。

一首是《我们也是兵》：

叔叔是个边防军，
我们是个小民兵，
大手牵小手，
风雨护国碑。
叔叔巡逻挎钢枪，
我们护碑背竹梆。
叔叔巡逻保国家，
我们护碑爱边疆。

另一首是《护碑之歌》：

大山绿哩，
大江清哩，
青山绿水映领巾。
哎哩哟哟哎哩，
护界碑、爱界碑，
风里雨里都不停，
不怕苦、不怕累，
个个都是好队员。

中央电视台还播放过黄爷爷作词作曲的这首《护碑之歌》。

周末、节假日、活动日时，红领巾护碑小分队的队员们，扛着队旗，背着竹梆，拎着竹桶，唱着黄爷爷写的《护碑之歌》来到中越边境的界碑前。

没有乐队，黄爷爷就吹笛子伴奏，清脆的笛声在山水之间悠扬回荡。

歌声牵来了旭日，送走了晚霞。

阳光照着红领巾，红领巾迎着阳光，交相辉映。

阳光照射在界碑上，“中国”二字格外鲜艳醒目。

## 5. 在护碑中成长

2001年年初，中国少年先锋队全国工作委员会邀请防城港市的少先队员到北京展示边境少年的爱碑护碑活动。

去北京的名额只有三个，黄爷爷在队里选定了一个男生和一个女生，加上自己带队，正好三人。

温日开是最合适的男生人选，说起女生人选，还有一则小花絮。

黄爷爷原定的一个女生，人很聪明，能说会道，可是她爷爷说什么也不同意让孙女去，孙女年纪这么小，从未出过远门，她爷爷总担心孙女的安全问题。

黄爷爷多次上门，苦口婆心地劝说女生的爷爷，说明此次活动的意义，说明这个活动对孩子将来成长所起的作用，而且孙女由他带着，请女生的爷爷放宽心。

可是黄爷爷好话说了一箩筐，还是不管用，看到女生的爷爷十分固执，时间又紧，黄爷爷只得作罢，另选了一个女生。

后来，女生的爷爷想明白后，十分后悔，他找到黄爷爷想让自己的孙女去，可是黄爷爷只能告诉他，很遗憾，名额已满。

过了这个村没了这个店，吃完这碗汤圆没了这个馅，打着灯笼都难找的好事，就这样失之交臂，这位女生的爷爷肠子都悔青了。

离赴京大约还有一周的时间，黄爷爷把两名去北京的小队员带到自己家，同吃同住，朝夕相处，耳提面命，教他们如何解说爱碑护碑活动，如何展示照片，如何待人接物，如何说标准的普通话，如何礼貌地回答叔叔阿姨们的提问，等等。

去北京之前，黄爷爷还自费冲洗放大了几十张活动展示的照片，并刻成了光碟。

一周后，他们带着这些照片和光碟来到了北京。

边境山村的小学穷，没有活动经费，所以他们去北京是自费的，黄爷爷为此次活动，花光了自己一个月的工资，但他感到很欣慰，好钢用在了刀刃上，这钱花得值。

在赴京的路上，黄爷爷问温日开："你长大了想做什么？"

温日开说："我家里穷，以后不想考大学了，上大学会给家里增加经济负担，我想在边境做点生意，早点挣钱养家。"

黄爷爷表示理解："你已经懂得了爱祖国爱边境，将来你做什么都可以，心里装着祖国就行。"

2001 年春节前夕，他们到了北京，与全国各地的少先队员们一起，展示祖国花朵的艳丽风采。

参展活动室里，许多发达地区的少先队员都用电子屏幕展示，而黄爷爷他们因为经费紧张，仅用图片展示，虽然没有那么亮眼，却还是引起了很大的关注。《人民日报》《中国教育报》《中国少年报》《解放军报》等多家媒体都报道了他们的爱碑护碑展示活动。

这不仅仅是各地少先队的活动展示，还是各地的少先队员们的联欢，他们相聚北京，互赠贺卡，其乐融融。

温日开也得到了一张贺卡，上面写着："温日开小朋友，祝你天天、时时、分分、秒秒都快乐！"温日开天天开心地捧着贺卡，笑得合不拢嘴，这是他当时收到过的最珍贵的礼物。

因为参加爱碑护碑活动，因为得到过黄爷爷的训练，因为到北京见了世面、开阔了眼界，温日开胆子也大了。活动后，温日开对参展活动室的警卫员说："叔叔，我们可不可以合个影？"

"当然可以，来吧小朋友。"警卫员爽快地答应了。

这张合影，温日开一直珍藏在黄爷爷制作并赠送给他的纪念册里。

每个红领巾护碑小分队的队员退队之后，都有一本黄爷爷亲手制作的活动纪念册。

韶光飞逝，十几年过去了，爱碑护碑活动纪念册，队员们都视若珍宝，不时拿出来回味往事，追忆当年。

纪念册里有他们走过的护碑巡逻路，有他们在少先队队旗下的誓言，有他们齐唱《护碑之歌》的动人画面。

纪念册记录了这些队员们的快乐时光，反映着他们的健康成长，萦绕着黄爷爷亲切的叮咛。

时光荏苒，曾经的红领巾护碑小分队的队员们现在已经走上了工作岗位。温日开高中毕业后，到外地打了三年工，2011 年回到家乡，做起了边贸生意，卖海鲜产品。

黄爷爷每次到滩散组织活动，都来看温日开。学生见到恩师，黄爷爷见到爱徒，两个人紧紧拥抱在一起，激动得说不出话来。

黄爷爷请温日开到一家饭店吃饭，他自己平时都不舍得下馆子，但对学生却从不吝惜。

席间，两个人有说不完的知心话，道不尽的师生情。

黄爷爷十分关心温日开的近况，问他忙些什么啊，成家没有啊。当得知温日开做边贸生意时，黄爷爷叮嘱道：“千万不要走私或违法经营哦！”

“黄老师您放心，我现在做生意，心里有杆秤。我们红领巾护碑小分队出来的人，心里都有块界碑，不可能去做违法的事情。”温日开说。

“那就好，那就好啊……”黄爷爷欣慰地点点头。

如今，红领巾护碑小分队一批又一批的队员长大了，他们中很多人长大后都不在本地生活了，大都在外地打拼。但只要有时间、有机会，他们就会回来聚一下。

聚会中，他们回忆在红领巾护碑小分队的日子，有苦亦有甜。这段岁月对他们的影响很大，就像是黄爷爷在他们心中种下了太阳。在红领巾护碑小分队里，他们懂得了如何做人，如何做事。

从 1999 年开展爱碑护碑活动至今，边防军战士们退伍了一批又一批，学生们毕业了一届又一届，但爱碑护碑活动从未间断过，红领巾护碑小分队的队旗依然在飘扬，爱国主义薪火相传。

2009 年，红领巾护碑小分队维护了 10 年的在清光绪十六年（1890 年）立的 13 号老界碑将要被移除，代替它的是崭新的 1346 号界碑。

2009 年 5 月 31 日，红领巾护碑小分队的队员和边防军叔叔们如约来到界碑旁，告别老界碑，迎接新界碑。他们最后一次擦洗了他们维护了 10 年的老界碑，并向新界碑庄严敬礼。

同年 10 月 13 日，红领巾护碑小分队在中越边境界碑前开展庆祝少先队建队 60 周年“护界碑，爱边疆，做祖国的好少年”主题活动，该活动还上了中央电视台的《新闻联播》。

护碑活动是德育课，让边境少年们有了家国情怀，有了道德和理想。

护碑活动是智育课，让边境少年们在做竹梆、做警示牌等活动中，动手动脑，提高技能。

护碑活动是体育课，让边境少年们与边防军叔叔们一起巡逻，翻山越岭，磨炼意志，锻炼身体。

护碑活动是美育课，让边境少年们在青山绿水间感受了美，在洗碑、美化界碑周边环境中创造了美，在护碑活动中体验了爱国情怀之美。

护碑活动是劳动课，让边境少年们在捞石头围界碑、除草等劳动中，体会劳动的辛苦、劳动的光荣、劳动所创造的美。

护碑活动是一个熔炉，让孩子们在爱碑护碑活动中塑造了人格，完善了自我。

护碑活动是一所好学校，教育培养出了一批又一批好孩子，他们大多数人在活动中有了责任心，有了使命感。

少年是祖国的未来，少年强则国强，少年智则国智，少年进步则国进步。

红领巾护碑小分队的队员中，有的考上了大学，有的参了军，有的成了当地的民兵，他们都是遵纪守法的好公民。

这么多年来，多名红领巾护碑小分队的队员被评为“十佳文明少年”“四好少年”“十佳海疆美德少年”；相关的合作部队和学校也先后被评为“双拥工作先进单位”“国防教育先进单位”等。

瑶族少年黄世宏是第一批红领巾护碑小分队的队员，他曾在日记中写道：“我要是一只雄鹰就好了，就可以时刻巡视界碑了。”

2009 年年底，黄世宏光荣地成为一名空军战士，继续守护着祖国的边疆……

每年的 5 月 30 日，是红领巾护碑小分队成立的纪念日。这一天，总有一批少先队员在界碑前举行入队仪式，他们在 1346 号界碑前宣誓：“童心向党，护我国碑！”

如今，每个边民的心中都有一座界碑，每个红领巾护碑小分队的队员都是一座界碑。

# 解烦恼

## 1. 成立解烦恼室

现实生活中，人要成长，肯定就会有烦恼。

有道是，生容易，活容易，生活却不容易。烦恼就像一个影子，跟随着人们。

成长的过程，就是不断摆脱烦恼的过程。可是最烦恼的事情，就是无法摆脱烦恼。

无法摆脱烦恼的时候，心智不成熟的人，极有可能采取极端的方式，做出极端的行为。

2005 年的一个夏天，住在黄爷爷隔壁的小女孩汤清怡跑到黄爷爷的家里，脸色苍白，说话都不利索了，她对黄爷爷说："黄爷爷，不，不好了！有人，要跳楼！"

黄爷爷一打听，了解到那个要跳楼的学生是个班长，道德品质和学习成绩都挺好，她的父母是外来务工人员。

学生出了事，及时解决问题是老师的责任。听到此事，正在吃饭的黄爷爷，撂下碗筷就跑去找这个要跳楼的女孩。

见到要跳楼的女孩后，黄爷爷连续问了她三个问题：第一，你为什么要去死？第二，你为谁而死？第三，你这样做，想过自己的亲人和爱你的人吗？

女孩回答了前两个问题："有的同学打击我、冤枉我、背后说我的坏话，我要死给他们看！"第三个问题，她只能用哭泣来回答。

黄爷爷替她抹去眼泪，语重心长地对她说："生命最宝贵，你结束了生命，你的清白也没有办法证明了。你看不到父母了，你看不到老师了，你也看不到祖国未来的美好图景了，你会不会很难过？而且你仔细想想，你这样做，父母多么伤心，老师多么伤心！"

黄爷爷虽然是头一回碰到这么棘手的事情，但他知道，这个女孩并不是真的想死，只是一时气不过，摆脱不了烦恼，万般无奈之下才采取了极端的方式。

本来就不是什么大不了的事，同学之间有矛盾、闹意见，是家常便饭，只要解决矛盾，消除她的烦恼，稳定她的情绪，事情就会有转机。

黄爷爷公开批评了几位多嘴多舌的学生，让他们当面向女孩道歉。

女孩接受了道歉，矛盾解决了，她自然也不再哭着喊着要跳楼了。

虽然这件事过去了，但黄爷爷却对这件事耿耿于怀，始终揪心。

假如学生没有烦恼，还要辅导员干什么？学生有了烦恼就需要排解，需要宣泄，需要摆脱。

恰巧黄爷爷又从报纸上看到，时任中央领导殷切期望少年儿童能够快乐生活，健康成长。

那么，如何排解孩子们成长中遇到的烦恼，让他们健康快乐呢？

毛泽东说过："没有调查，没有发言权。"黄爷爷牢牢记住了这句话。所以无论是设计活动方案，还是帮助学生，他总是先做一番调查，这已经形成了习惯，几十年如一日。

黄爷爷开始做调查。

黄爷爷首先问老师。老师们说六年级的学生烦恼最多，问题也最多。但根据多年的教学经验，黄爷爷认为，哪个年级学生的烦恼都不会少。

黄爷爷又找来一年级到六年级的少先队干部和班干部，共 7 人，其中有大队长、中队长、小队长等。黄爷爷引导他们说出自己心中的烦恼："人哪会没有烦恼？即使是神仙也有烦恼。你看八仙之一的铁拐李，他有残疾，这够烦恼了吧？同学们，大胆说出藏在你心底的烦恼，让我们一起来消除它！消除一个烦恼，就能前进一步，消除两个烦恼，就能前进两步。"

学生们在黄爷爷面前，就像受了委屈的孩子见了亲爹，都想将肚子里的苦水一吐为快。

一名班干部说了积压在她心里两年多的烦恼："有一次我在课堂上回答老师的提问，没答好，有的男生讽刺我，说这么简单的问题都答不对，还当什么班干部？我觉得很丢脸，心里很苦闷！"

黄爷爷开导她说："班干部也是人，人无完人，谁都不是完美的，他们的表达方式不对，你不要往心里去……"

这次谈话，证实了黄爷爷的判断，每个学生都有烦恼。烦恼如果不及时解除，就会像垃圾一样沤在心里，严重损害学生的身心健康。

调查后没多久，黄爷爷就给防城二小写了一个校园文化建设方案，主题就是如何让学生解除烦恼，让学生在学校更有主动权。

学校领导看了黄爷爷的校园文化建设方案后，决定大力支持该方案，并对黄爷爷说："您是专家，我们听您的！"学校还特地腾出地方，作为工作室。工作室是黄爷爷等 9 名退休教师组成的专家顾问团，开研讨座谈会、碰头商议如何为学生服务的场所。

根据黄爷爷的方案，防城二小建立了解烦恼室，开展了"解除烦恼，快乐成长"活动，还为此举行了启动仪式。

解烦恼室成立后，很快就有 60 多位老师报名，加入为学生解除烦恼的队伍。

## 2. 把烦恼都赶走

防城二小的解烦恼室里摆放着 4 张桌子，桌子上的牌子写着"解烦恼面对面”。

在这里，学生常常是满腹烦恼而来，高兴满意而去。有学生说：“这里是我们最快乐的地方！”

课余时间，老师像是坐诊医生，与学生面对面，为他们“号脉”“开药方”。

教学楼里的墙上还挂起了“解烦恼信箱”，学生有什么烦恼、心结和困扰，都可以写下来投进信箱里，老师打开信箱看到后，会很快给学生回应。

学生也可以指定老师为自己答疑解惑、排解烦恼。投进信箱里的信，老师要有批语，学生要有回执，老师给学生解除烦恼之后，学生要说明此事是否已经解决、结果是否满意。

没想到，一个多月下来，信箱里竟装满了几百封学生的烦恼来信。

“我的学习成绩为什么老是上不去，怎么办啊？”

“我做家庭作业的时候，爸爸老是在家里打麻将，吵死人了！”

“我胆子小，在课堂上不敢发言，有什么办法解决？”

“爸爸妈妈老是在家里吵架，我的心情也不好了，请老师帮我解决。”

……

黄爷爷无论做什么事情，都不允许摆样子，为学生解除烦恼也不例外，要跟其他活动一样，落在实处。

黄爷爷取了信，与老师们在“爱心在线”“直言烦恼”“快乐畅言”等平台上，像对症下药的医生那样，用不同的方法，为学生们解除不同的烦恼。

成绩上不去的学生，黄爷爷就跟他一起分析原因，为他“开小灶”。

胆子小的学生，黄爷爷就有意识地给他锻炼的机会，让他在班上发言。

在家里打麻将的家长，黄爷爷上门家访，劝他们打麻将的时候，到棋牌室去打，以免影响孩子的功课。

经常在家里吵架的家长，黄爷爷去家访了解他们吵架的原因，劝说他们有事好好商量，吵架如果实在无法避免，也尽量不要当着孩子的面吵，否则会给孩子幼小的心灵造成伤害。孩子见到父母吵架会难过，心理有负担，上课时就容易注意力不集中，闷闷不乐。久而久之，孩子自身会缺乏安全感，会对人缺乏信任，也容易产生自卑心理。长此以往，孩子会患抑郁症，悲观厌世，后果不堪设想。

世上哪有父母不望子成龙、望女成凤的？可怜天下父母心，既然老师上门来做工作了，既然吵架会带给孩子这么大的危害，父母选择了休战。

俗话说，清官难断家务事。家庭琐事最麻烦，公说公有理，婆说婆有理。可黄爷爷想要解除学生及其家庭的烦恼，一点都不嫌麻烦。

“解除烦恼”的活动从班级走进家庭、走进社区，让无数学生和家庭受益。

有一名父亲，向黄爷爷说了自己的烦恼：他念中学的女儿与他有些矛盾，在家里动不动就冲着他发脾气。

兼听则明，偏信则暗。黄爷爷又找这位家长的女儿来问。她说，因为自己的父亲，同学们看不惯她，对她横挑鼻子竖挑眼。

黄爷爷还去找了她班上的一些同学来问，同学们说她爱显摆，放学的时候总让她爸爸开小轿车到学校接她，所以有点看不惯她。

黄爷爷在听取父亲、女儿、同学三方面的意见之后，发现整件事情的真相像拼好的拼图一样清楚了，原来这完全是一场误会。

黄爷爷跟这位父亲说明，他女儿只是不想要爸爸开车接送，孩子大了，到校也好，回家也好，她完全有能力做得很好。

误会消除了，父亲的烦恼也顺理成章地解除了。

还有一个女孩叫王樱霏，在校有几个密友，她们平时在一起有说有笑，无话不谈，几乎形影不离。

可是，期末的时候，王樱霏觉得那几个密友对她的态度突然变冷淡了，见了她都爱搭不理的，她约谁去玩，谁都说没空。

她很烦恼，闷闷不乐。她很纳闷，觉得自己又没做错什么事，又没有得罪她们，她们为什么要这样对她？为什么友谊的小船说翻就翻了呢？为什么朋友变脸比川剧变脸还快？

王樱霏的心结解不开，便来到解烦恼室，向黄爷爷倾吐满腹苦水。

黄爷爷仔细听完了她的苦恼，想弄清楚事情的缘由，就问王樱霏：“你确定没有跟她们闹过别扭吗？”

“确定。”

“以前发生过类似的事情吗？”

“从来没有，我是头一回碰到。”

“既然这样，那就好。”黄爷爷说，“我觉得事情没你想象中那么糟糕。期末考试即将来临，这段时间是冲刺阶段，大家学习都很紧张，她们可能只是把精力放在了复习上，没有了平时那样的交往热情，这很正常啊。你是心理作用，你想多了。”

接着，黄爷爷给她讲了一个“杯弓蛇影”的故事。说完了这个故事，黄爷爷对王樱霏说：“杯弓蛇影，这个成语比喻疑神疑鬼，我们看待一件事的时候，千万不要被眼前的现象所迷惑，有时候看到的不一定是真实的。”

“哦，原来是这样。”王樱霏如醍醐灌顶，豁然开朗。

“你不要误解了你的朋友。依我看，友谊的小船，乘风破浪，行驶正常。你也要像她们那样，集中精力，好好学习，争取期末考出优异的成绩。等考试结束，你再与她们诚恳交流，看看是不是我分析的这个原因。”

果然不出黄爷爷所料，考试结束后，朋友们向王樱霏解释了一下，原因正是如此。

解烦恼信箱和解烦恼室，把学生们的烦恼都赶走了。

## 3. 三步解除三年烦恼

黄爷爷还有一个三步就解除了三年烦恼的故事。

有两个学生是同班同学，因为一点儿小事互相猜忌，从一年级到三年级，两个人一直有过节。

他们俩分别找到黄爷爷，希望能解除这个让他们十分郁闷的烦恼。

黄爷爷琢磨，解决此事有难有易。容易的是两个人都觉得此事烦恼，不愿这么耗下去，说明两个人都有和好的愿望；难的是两个人整整耗了三年，说明他们积怨比较深。

如何治好他们的心病，解开他们心里的疙瘩呢？高明的医生治病，就是对症下药，对于这种“慢性病”，不能指望一两天就把他们治好，也不能下猛药，要一步步来。

黄爷爷决定分三步走。

第一步，讲故事。

黄爷爷把他们叫到一起，讲了一个“拉金钟”的故事。

话说很久很久以前，有个叫九龙湾的山村。有一天，这个村子里的一口金钟掉进了河里，这金钟是稀世珍宝，它会在黑夜里闪耀金光。

人们都想把这口金钟拉上来，可是一般的家庭做不到，只有家里有10个儿子且需要10个儿子齐心协力的家庭才能拉起金钟。

有这样一家人，他们家有9个儿子，夫妻俩一心想再生1个儿子，凑够10个，那样就可以拉起金钟了。无奈天不遂人愿，第10个孩子是一个女孩。

女孩长大后嫁人了。老两口一天天老去，生儿子越发无望，他们盼金钟心切，遂决定让女婿凑数，去九龙湾拉金钟。

老岳父怕女婿不卖力，反复强调他不是外人，女婿是半个儿，他现在就算是自己的儿子。

这话不说还好，女婿听了这话，心里直犯嘀咕，这不是此地无银三百两吗？要拉金钟就算是他儿子了，早干嘛去了？

到了拉金钟的现场，两个儿子下水用绳子绑上了金钟鼻。老岳父见女婿没有下水，心里有些“敲小鼓”，怕女婿不用心。其实老岳父的担心是多余的，绑个绳子，两个人足够了。

绳子绑好了，9个儿子加上1个女婿，10个人站在岸上拉金钟。一、二、三，嗨！一、二、三，嗨！在大家的努力下，金钟在水里慢慢上升，可谁知金钟刚露出水面，重量陡然增加，在水中一浮一沉，始终没能拉上岸。

在一旁为他们加油的老汉急坏了，看看自己的9个儿子，再看看女婿，唯有女婿是外人，莫非女婿不用力？情急之下，老汉喊道：“女婿，你快使劲儿，金钟就快上来了！”

这一喊反而不妙了，只听“咣”的一声，金钟沉入水底，10 个人也因用力过猛，倒地身亡，只拉上来了一个金钟鼻。

第二步，谈体会。

故事讲完了，黄爷爷问两个学生：“这个故事说明了什么？”

一个学生说：“团结齐心才能做成一件事情。”

另一个学生说：“对人不能猜忌，要诚心诚意待人，不然会造成恶果。”

黄爷爷说：“不团结不齐心，不但做不好一件事，还会造成恶果。你们背的小学生守则中，有一条是尊敬师长，紧接着的那句是什么？没忘记吧？”

“团结友爱。”两个人异口同声。

“对啦！故事你们听了，道理你们懂了，现在我们来动手做实验，体验什么叫作团结就是力量。”黄爷爷微笑着说道。

第三步，做实验。

黄爷爷让两个学生操作手摇发电器。一个人使劲摁住机器，另一个人不停地摇，你帮我按，我帮你摇，不一会儿就发电成功了，两个学生相视一笑。

几天后，两个人咧着嘴找到黄爷爷说：“报告黄爷爷，我们现在和好啦！”

这个结果早在黄爷爷意料之中，三步都走完了，能不和好吗，同学之间能有多大的矛盾呢？黄爷爷笑着对他们说：“好啊，你们可以去拉金钟了！”

## 4. 大家来说取外号

一天，黄爷爷在解烦恼信箱中，看到了一封姓刘的女生的信，信中说：“我因为胖，被男同学叫‘刘肥婆’，我感到很难过，很烦恼。”

黄爷爷看到信后，找这个女生了解情况，问哪些人这么叫她。了解情况后，黄爷爷安慰了女生，又找到那几个男生，严肃批评了他们乱取外号的行为，那几个男生承认了错误，表示会改正错误。

事情似乎已经解决了，姓刘的女生在信上签了回执：满意。

几天之后，姓刘的女生气呼呼地来到解烦恼室，要回了自己的信，在回执意见栏原来写的“满意”二字前面，添加了一个大大的“不”字。

黄爷爷忙问：“怎么回事？”

“那几个男同学不叫了，又有几个同学叫我‘肥婆刘’。”女生哭诉。

外号还在叫，只不过叫外号的人换了，“刘肥婆”变成了“肥婆刘”，就像是“豆腐一碗”改成了“一碗豆腐”，还是一回事，女生的烦恼并没有解除。

黄爷爷安慰她：“你不必太计较，影响自己的心情。如果有人再这么叫你，你可以告诉他们，这个外号你不能接受。你应该把心思放在学习上，放在善待别人上，努力做一个品学兼优的学生，让他们不敢小看你。你不用难过，也不用生气，黄爷爷来帮助你，好吗？祝你开心！”

黄爷爷怎么帮助我呢？女生带着满脑子的疑问走了。

如何让学生认识外号？如何才能杜绝乱取外号的行为？如何从根源上解除女生的烦恼？

黄爷爷想了又想，训他们不好，教他们可以，不能急风暴雨，要春风化雨，才能渗透孩子们的心田，正所谓“随风潜入夜，润物细无声”。

黄爷爷在钦州师范学校读书时，学校经常有课堂讨论，比如讨论“你长大了想干什么”“你从保尔·柯察金身上学到了什么”“陶行知的故事说明了什么”等问题。学生们在讨论和辩论中，启发了思维，增长了见识，开阔了眼界，提升了思想觉悟和道德品质。

黄爷爷灵机一动，决定马上办一个班会，让大家一起来说说外号。

为了这次班会，黄爷爷做足了功课，准备好了故事和例子。

第二天，黄爷爷到女生所在的班里组织班会，主题是“大家来说外号”。

班会开始了。黄爷爷模仿当年读钦州师范学校时的课堂讨论模式，将学生们分为几个小组。黄爷爷没有站在讲台上不停地说，而是先引导大家思考，然后坐在下面倾听并参与学生们的讨论。

黄爷爷开门见山：“同学们，今天我们班会的主题是‘大家来说外号’。取外号，是根据一个人的外貌、性格特征、特长或者特殊表现所取的本名以外的名字。外号有褒义的，比如歌仙（刘三姐），铁人（王进喜），铁榔头（郎平），篮球巨人（姚明），这些外号让我们感到很亲切。外号也有贬义的，比如‘周扒皮’‘南霸天’等外号，一听就知道他们是大坏蛋。同学们说说看，还有哪些外号是你们熟悉的？”

“座山雕。”

“球王（贝利）。”

“体操王子（李宁）。”

黄爷爷赞许道：“你们说得很好，这些外号，说出了他们的特点。《水浒传》里面的108将都有自己的外号，有褒有贬。‘及时雨’（宋江）、‘智多星’（吴用）、‘豹子头’（林冲）等外号就很好听；可《水浒传》中妇女的外号就难听多了，有‘母夜叉’（孙二娘）、‘母大虫’（顾大嫂）、‘一丈青’（扈三娘）。母夜叉，就是比喻相貌丑陋、凶恶的女人；母大虫，就是母老虎；一丈青，就是长蛇，比喻女人凶狠毒辣。”

说到这里，黄爷爷收起了笑容，问道：“同学们，《水浒传》中这些妇女的外号，代表着什么呢？”

“看不起她们。”

“嘲讽、取笑她们的意思。”

黄爷爷接着问：“同学们，如果你们是孙二娘、顾大嫂、扈三娘，你们听到别人这么叫你，你们会怎么想呢？”

“心里会很不舒服，会伤害我的自尊心。”

“会很不开心，很难过，很生气。”

说到这里，黄爷爷见时机成熟了，便顺水推舟地把话题引到了班上的问题。“我们同学之间相处，常常你给我取外号，我也给你取外号，那么，取外号要注意什么呢？”

“要友好，要取善意的外号。”

“要人家听了舒服才行。”

“不能乱取，要根据别人的优点取外号，不能针对别人的缺点取外号。”

黄爷爷看了看那几个给女生取“刘肥婆”外号的男生，说：“太好啦，同学们已经明白了，同学之间互相取外号，要取善意的，不能只顾好玩，就把快乐建立在别人的痛苦之上。你们说，对不对啊？”

“对！”学生们回答。

黄爷爷趁热打铁，说：“我们班上有个女同学，有人给她取了很难听的外号，我相信这样的事情以后不会再发生了。她是班上的图书管理员，我们是不是可以根据她的长处，给她取个好听点儿的外号呢？”

学生们讨论来讨论去，给那个女生起了一个善意的外号“刘管理”。

很快，“刘管理”的外号就在班上叫开了。

“刘管理”同学听后心里很舒服，满心欢喜地答应了，管理班上的图书时更加认真负责了，她和同学们之间的关系也更融洽了。

“刘管理”再次来到解烦恼室，在解烦恼信件的回执意见栏上把“不满意”的“不”字涂去，改成了一个大大的“很”字。

黄爷爷望着女生哼着歌蹦蹦跳跳地离去，自己也一身轻松，心想：“起外号也不是个小事啊，搞不好会影响孩子的一生。”

说起外号，黄爷爷自己也有好几个，比如“孩子王”“游戏王”“活动王”等，这三个外号中，他最爱“孩子王”。走进孩子们的内心，为孩子们解烦恼，黄爷爷是名副其实的“孩子王”。

黄爷爷设计的“解除烦恼，快乐成长”活动，从2005年至今已经有10多年了，不知为多少孩子、多少家庭解决了多少烦恼。同学和老师、学校和家庭、孩子和家长之间的关系越来越和谐了。

此项活动不仅受学生欢迎、家长称赞、学校认可、社会支持，还受到新闻媒体的关注，并将该活动在全国中小学中推广，让更多的孩子可以“解除烦恼，快乐成长”。

# 小足球，小竹球

2002年，国际足联世界杯在亚洲举行。韩日世界杯举办得风风火火。

足球是一项世界性的运动，其观赏价值之高，精彩程度之深，全球影响力之大，观众人数之多，是其他运动难以相匹的。

中国是世界大国，却不是足球强国，不禁让人郁闷。许多有识之士呼吁，要彻底改变中国足球的面貌，提高中国足球的水平，必须普及足球运动，必须从娃娃抓起，从基层抓起，从现在抓起。

娃娃踢好足球，中国足球才有未来。

于是，修建更多的足球场，让更多的孩子能有球踢是当务之急。

防城港市妇女儿童活动中心主任陈治禄接到任务后，打算开展“小足球进社区”活动。

2002年暑假，黄爷爷得知此事后，化疗还没有结束，就迫不及待地从医院跑了出来，紧锣密鼓地设计了一个“小足球，小竹球”的体验活动，与陈主任一起，奔波在防城港市周边的乡镇社区，寻找适合的活动场地。

在黄爷爷和陈主任的不懈努力下，活动场地终于找到了——竹园社区，离防城二小仅 3 公里，黄爷爷带领学校的 37 名小学生到那里修建足球场地。

在修建足球场地的过程中，陈主任也一路跟着他们，一来是向黄爷爷学习，二来是担心黄爷爷的身体吃不消。

正值三伏天，酷暑难耐，太阳炙烤大地。陈主任见黄爷爷满脸菜色，虚汗直冒，走路打飘，像是踏在棉花上一样，赶忙让黄爷爷停下："这样不行，您会中暑的，赶快休息吧。"

黄爷爷听后，点了点头，便让孩子们在小岛的浅水处泡水解暑，自己则蹲在河边阴凉处，看着孩子们戏水玩乐，默默守护。

蹲累了，黄爷爷试图站起来，可是双脚却不听使唤，身子摇摇晃晃的，泡在水里的孩子们见了，指着黄爷爷喊："你看，你看，黄爷爷在打醉拳！"

天真烂漫的孩子们哪里知道，黄爷爷是因为太累了、身体虚弱才这样的，他胸闷心慌、头晕眼花、腿脚抽筋，疼痛难耐。

陈主任赶紧过来扶他。

歇了一阵，黄爷爷的疼痛缓解了，带着孩子们走进球场旁的一片竹林。

清风徐来，青翠的竹叶翩翩舞动，发出沙沙沙的响声，唱着竹林之歌。

黄爷爷想起了郑板桥的诗《竹石》：

咬定青山不放松，立根原在破岩中。
千磨万击还坚劲，任尔东西南北风。

黄爷爷抚摸着竹子问孩子们："我们上美术课，为什么要教大家画竹子呢？"

"竹子生来好看。"

"竹子一年四季都是绿绿的，跟榕树一样四季常青。"

"竹子作用大，可以用来打家具、盖房子、烧火做饭。"

黄爷爷点点头，赞许道："大家说得很好，这些竹子都长得笔直笔直的，看起来很美。竹叶的形状像把剑，两片竹叶分立开来，像个‘人’字。竹子的根也很厉害，石头都压不住，竹笋能够顽强地顶起石头冒出来。从古到今，中国的许多画家都喜欢画竹子，为什么？竹子浑身都是宝，对人类有很多贡献，代表着正直、谦虚、有气节、有力量的高尚品格。竹子不要多少土和肥，也能生长，性格坚强！”

黄爷爷从《竹石》讲到宋代文天祥的诗“人生自古谁无死，留取丹心照汗青”，给孩子们普及关于竹子的文化常识。

汗青是什么呢？古人在竹简上刻字记事，为了容易书写和避免虫蛀，会先用火烤干青竹里的水分。青竹片被火烤后会冒出水珠，像出汗一样，所以就叫汗青，后世也常把著作完成叫作汗青，有时也指史册。

宋代的文天祥，也有像竹子一样的性格，他知识渊博、气节崇高。1256 年，他正好 20 岁，考中了进士，后来做了丞相。

宋朝危亡时刻，他毅然率兵，英勇抗敌，兵败被俘之后，任凭敌人威逼利诱，他不为所动，写下悲壮的《过零丁洋》，留下了“人生自古谁无死，留取丹心照汗青”的千古名句。人生在世，谁没有一死呢？文天祥最终选择留下一片爱国的丹心照耀史册，这正是他如竹子般有气节、有力量的体现。

说完了文天祥的故事，黄爷爷就带领着孩子们用自己的两件宝——双手和大脑开始劳动创造了。

整个暑假近两个月的时间里，黄爷爷发挥了想象力和创新力，和孩子们别出心裁地用竹子做了足球、球门、哨子、记分牌等体育用品。

竹园社区足球场建起来啦！

竹球王国建起来啦！

黄爷爷利用竹林做场地，用竹子做足球，讲竹子的常识，讲文天祥的故事，让孩子们体会竹子所代表的高风亮节的品格，这是德育。

黄爷爷带领孩子们自己动手做竹球、竹门、竹哨等用品，这是智育。

孩子们在这里踢足球、踢竹球，是别开生面的体育。

黄爷爷引导孩子们欣赏竹子，欣赏它的坚韧挺拔，欣赏它的“未出土时先有节，便凌云去也无心”的品格，欣赏它的形态之美、顽强之美、无私奉献之美、坚贞之美，这是美育。

孩子们在劳动中娱乐，在娱乐中享受劳动成果，这是劳育。

这个“小竹球”的竹园社区足球场，仅此一家，该项目还获得当年“全国少先队创建特色中队”活动的一等奖。

黄爷爷设计的少先队活动，从来都是在“德智体美劳”五个字上下足功夫，活动只是其载体，跟毛主席所说的“体者，载知识之车而寓道德之舍也”有异曲同工之妙。

这是创新之美。

# 庆幸遇到黄爷爷

2002年，7岁的残疾女生龙玉宝，进入防城二小读书，她爸爸每天推着自行车送她上学放学。

龙玉宝是不幸的。她是个早产儿，身体有残疾，多次尝试走路，可刚刚走几步，就会失去重心，摔倒在地，浑身是伤。

龙玉宝又是幸运的。她遇上了黄爷爷，黄爷爷给予她温暖，一直伴她成长。

龙玉宝至今还记得第一次见到黄爷爷的情景。那天放学后，她坐在学校门口的长椅上，等候爸爸来接她回家。

操场上，少先队员们戴着红领巾，他们嘹亮的歌声吸引了她。

离开幼儿园，
背起小书包，
嫩嫩的小翅膀，
长出金羽毛，
春风为我细梳理，

阳光在我当头照，
雏鹰展翅飞呀飞，
不怕地大和天高……

黄爷爷正好骑着自行车经过，龙玉宝很有礼貌地说：“老师好！”

黄爷爷笑着点点头，下了车，坐到龙玉宝的旁边，他知道龙玉宝在等人来接，等人的时间显得特别漫长，黄爷爷特意来陪她。

黄爷爷跟龙玉宝谈心，详细询问了她的学习和生活情况，鼓励她说：“你一定要坚强，保持阳光的心态，好好地生活和学习。要学会走路！学走路肯定会摔倒，摔倒不要紧，爬起来就是了。不然，你这辈子就只能靠别人了，别人的帮助只有一时，不能一世，只有靠你自己才能撑起一片天空！”

龙玉宝这才发现，坐在她身旁的就是大名鼎鼎的黄爷爷，他总是给人温暖、给人力量，难怪那么多人提起他。

这是龙玉宝第一次接触黄爷爷，却像是相识了许多年。

这时，龙玉宝的爸爸推着自行车来接她了，黄爷爷对他们说：“你们以后遇到什么困难，一定要来找我。”

从此，黄爷爷与龙玉宝结下了不解之缘。

龙玉宝的父母是做小生意的个体户，为了帮助龙玉宝学走路，为了接送龙玉宝上学放学，他们付出了太多的精力和时间，也耽误了做生意，家庭生活十分困难。

父母紧张焦虑的情绪，不时流露出来。

龙玉宝是个敏感的孩子，也是个善良的孩子，她不想再这样拖累父母了，二年级的时候，她萌生了退学的念头。

她把自己的想法跟黄爷爷说了，黄爷爷说：“你不能退学，我们学校不能让任何一个学生因为经济困难退学，更不能让一个残疾学生退学。”

黄爷爷多次上门家访，了解龙玉宝家经济困难，还拿出自己的钱来接济她家。

龙玉宝的父母见到黄爷爷如此慷慨，很难为情，龙玉宝的爸爸说："黄老师，这，我们怎么好意思要您的钱？"

"快拿着，解燃眉之急。钱是小事，孩子上学是大事，不能因为经济困难耽误了她的前程。"

"那，黄老师，这个……这个钱就算我们借您的，等我们手头宽裕了就还给您。"

"不用还，不用还，钱花在孩子身上，正合我愿。"

"黄老师，您这个人情太大了，我们还不起啊！"

"你们让龙玉宝来学校上课，就是还我的人情了。"

黄爷爷说罢，把钱留下，赶紧离开了。

黄爷爷回到学校后，召集了一群同学来到龙玉宝家探望她，和她一起做游戏。同学们还给她唱《隐形的翅膀》，鼓励她要坚强。

我终于翱翔，
用心凝望不害怕，
哪里会有风就飞多远吧！
……

哪里可以让她翱翔？学校可以。学校有和煦的春风，有明媚的阳光，有黄爷爷的关心，有同学们的鼓励，有团结友爱勤奋向上的精神。学校奋进的校风，会托起孩子们飞向明天的翅膀，让他们在充满希望的蓝天下自由翱翔。

龙玉宝不想退学了。

黄爷爷对龙玉宝说："阿宝，还是那句话，你一定要学会走路。不然，你这辈子只能从床头挪到床尾。你要相信自己，你能行！你只是跳不高、跑不快，但你能走得很远。你在家里要练，在学校里扶着墙壁、楼梯也要练，跌倒一百次，也要一百零一次爬起来继续走！走起来，你的世界就大了！"

走起来，你的世界就大了！龙玉宝记住了黄爷爷的这句话。

龙玉宝对自己说，在家有父母照顾，在校有黄爷爷关怀，还有什么理由不勇敢、不坚强？

龙玉宝咬牙走起来，在一步步的艰难行走中，走向坚强。

她的腿抬得不高，走路时鞋子总会剐蹭地面，一个月会磨坏三双鞋，很费鞋。

每当她的鞋子“咧嘴笑”时，黄爷爷就买来一双新鞋子，摆在她的面前。

三八妇女节那天，黄爷爷对龙玉宝说：“阿宝，今天是妇女节，你试着走回去，送给你妈妈一份特殊的节日礼物，送出一份惊喜。”

“黄老师，我从来没有试过自己来学校，也从来没有试过自己走回去，我行吗？”

“你能行！人生总有第一次。”

龙玉宝背着书包，一瘸一拐地试着走路。从学校到她家不算远，但对她来说是那么遥远和漫长。

她一路上不敢去看街上的行人，顾忌人们异样的眼神。其实这只是她的心理作用，人们脚步匆匆，谁又会去注意她呢？

开弓没有回头箭。

“你能行！”龙玉宝边走边默念着黄爷爷对她说的这三个字。

“你能行！你能行！你能行……”她每走一步，就离家近一步；她每走一步，人就成长一步。

龙玉宝走了 58 分钟，终于到家了。她在家门口大喊了一声：“妈妈，节日快乐！我回来啦！”声音充满了兴奋和自豪。

这真是不寻常的礼物。龙玉宝妈妈一看到她，就激动得抱住了她，一个劲儿地亲她，激动地说：“阿宝，阿宝！”

龙玉宝后来才知道，细心的黄爷爷怕她在路上有闪失，就一直跟在她后面，在暗地里保护着她。她安全到家后，黄爷爷才离去。

“阿宝，祝贺你，你走出了自己的路！”黄爷爷高兴地说。

从那以后，龙玉宝不仅可以自己去卫生间、上楼下楼，还能自己洗衣洗澡，在家里做些简单的家务。

黄爷爷经常对龙玉宝嘘寒问暖，见她常因为自己残疾而妄自菲薄，黄爷爷便告诉她："世界上比你难的人有的是，张海迪 5 岁时患病，导致高位截瘫，终身要在轮椅上度过。她不仅自学了大学的部分课程，翻译了《海边诊所》等英文作品，还创作了小说《轮椅上的梦》。你比她的条件好多了，她没有机会进校园，你还能上学；她的腿脚不能动，你只是腿脚不够灵便。你还有什么理由不努力呢？残酷的命运，也是对人意志力的一种考验。只要精神强大，身体残疾并不能阻碍你学习，我看好你，只要你努力，就大有希望！"

在黄爷爷看来，残疾人最需要的就是精神上的鼓励，残疾人最致命的打击就是失去信心。

黄爷爷送给龙玉宝关于张海迪事迹的书籍，让她好好读，鼓励她不负青春，做像张海迪那样的人。

关于张海迪事迹的书籍，像风雨过后的彩虹，在龙玉宝眼前展开一道绚丽风景。

黄爷爷也多次号召同学们要向龙玉宝学习，学习她的拼搏精神，学习她面对困难不低头的勇气。黄爷爷还亲自写新闻报道介绍龙玉宝的成长之路，并在各大媒体上发表。

读小学三年级时，龙玉宝获得中国少年先锋队全国工作委员会、中国残疾人联合会授予的"自强不息好少年"荣誉称号。

黄爷爷祝贺她、勉励她："要正确对待成绩，正确对待荣誉。你获得荣誉后更要继续努力学习，自强不息的精神也要继续发扬。"

媒体的宣传，学校的号召，荣誉的获得，使龙玉宝渐渐为更多人所知。

龙玉宝的境遇慢慢有了改变，周围的朋友多了起来，人际关系也相对复杂了许多，这些变化给她带来快乐的同时也增添了许多烦恼和困惑，她将自己的烦恼写成了一封信，投进了学校的"解烦恼信箱"，期盼老师能帮她解决。

黄爷爷看到了她的信，找到她说："朋友多了是一件好事，父母照顾不到你的时候，他们也能尽心地帮助你。你只需用平和的心态与他们相处，让他们去了解你，了解你心中的世界。”

龙玉宝听了黄爷爷的一席话，心里舒服了许多，烦恼自然就消除了。

是啊，与人交往，一颗平常心就够了，何须步步设防、小心翼翼呢？虽然荣誉多了、名声大了，但我还是原来的我。

龙玉宝又找回了从前那个阳光的自己。

后来，龙玉宝又获得了“防城港市十佳文明少年”“广西十佳少先队员提名奖”“首届感动防城港市十大人物”等荣誉称号。

2014 年，龙玉宝考取了南宁的一所大专院校，学会计专业。在她上学期间，黄爷爷常常给她打电话，要她走出自己的精彩人生。龙玉宝自己也很努力，把自己的生活料理得很好。

但毕业考试时，由于手指僵硬，打字速度缓慢，龙玉宝在计算机考核中没有通过。

因为有一科没有通过，所以龙玉宝找工作四处碰壁，心情郁闷，整天待在家里，不想见人。

当黄爷爷得知她的处境时，心急火燎，骑着自行车跑了多个政府部门，咨询残疾人就业的相关优惠政策，恳请有关部门尽快解决龙玉宝的就业难题，早日让她自食其力。

黄爷爷还打听到会计上岗要考会计从业资格证，便连夜上门找到龙玉宝，鼓励她抓紧时间复习，早日考取会计从业资格证。

见到龙玉宝后，黄爷爷见她因找工作碰了钉子，神情有些沮丧，很想要唤醒和鼓舞这个学生。

黄爷爷攥紧双拳，对龙玉宝说：“坚强，坚强，坚强才有出路，相信自己，你一定能考过计算机，能考取会计从业资格证。我问了，现在国家出台了残疾人就业的优惠政策，我会继续帮助你，不要灰心啊，我们要一起努力！”

龙玉宝听了，心里暖暖的，当即向黄爷爷表态：“请您放心，阿宝有了黄爷爷就不怕输，给我一点时间，我一定会笑着站在您面前！”

黄爷爷趁热打铁，给龙玉宝讲述了在同一片蓝天下，残疾人同样能活出精彩的故事。

一个个励志故事，是一道道从天际射向大地的阳光，照亮了龙玉宝的心房。

当天夜里，龙玉宝想了很多。她对自己说，黄爷爷年事已高，体弱多病，却为自己的就业问题奔波劳累，百忙之中上门来给自己讲了那么多故事。如果不努力，怎么对得起黄爷爷这份爱？

黄爷爷的亲切话语，不停地在她耳边回响："人生的坎坷也是一种美，在困难和曲折中，也要把爱和阳光播撒到需要的角落。不要问国家和社会能为自己做什么，要多去想想自己能为国家和社会奉献什么。"

如今，龙玉宝在一家事业单位做会计。她自食其力，生活有了保障。她的父母和黄爷爷都松了一口气。

上天为残疾人关上了一道门，一定会为他们打开一扇窗。

所以，即使翅膀断了，心也要飞翔。

回忆自己的成长经历，龙玉宝说："一个在鼓励中长大的孩子比一个在批评中长大的孩子要更快乐、更懂得珍惜！在所有老师中，对我影响和帮助最大的就是黄永腾老师，他是我一生都忘不了的大恩人！"

# 爱的暖流

## 1. 三个小馋嘴

2005 年，黄爷爷退休返聘回学校上课。有三个三年级的学生，每次上课的预备铃响后，他们才匆匆忙忙跑进来。黄爷爷一问，得知他们在街上买零食吃耽误了时间。

这一天，黄爷爷上课，他们又迟到了，站在教室门口喊："报告！"

班上的学生们低声议论："这下他们要挨罚了。"

黄爷爷没有立刻让他们进来，也没有批评他们，只是微笑着对他们说："你们虽然迟到了，但是这个同学还记得戴红领巾，值得表扬。"

另外两个学生听了，赶紧从书包里拿出红领巾戴好，并立正站好。

黄爷爷对学生们说："虽然他们迟到了，但他们没有忘记自己是少先队员，大家来欢迎他们。"

从此以后，他们再也不迟到了。

## 2. 黑板上的三个小洞

一天，有个老师气呼呼地跟黄爷爷说："新的黑板，不知被哪个学生戳了三个小洞，搞破坏的学生一定要找出来，让他的家长赔偿！"

新的黑板被弄坏了，黄爷爷也很生气，本想照此办理，可是转念一想，不能这么干。

黑板被戳了三个小洞，不知是无意的还是有意的，如果是无意的，学生被点名、被拉上讲台，就与学校、老师"结仇"了。在没有弄清事情原委的情况下，还是先把学生往好的一面想，还是尽量以教育为主。

一天，黄爷爷在上音乐课前，先把歌词和曲谱写在了黑板上，曲谱处正好有个小洞，黄爷爷特意将中音写成了低音。

这节音乐课教唱的是《我们是共产主义接班人》，黄爷爷唱一句，学生们跟唱一句。

当唱到"我们是共产主义接班人"时，黄爷爷故意说："同学们，这不是中音'梭'，你们唱错了，是低音'梭'哦。"

这首歌学生们太熟悉了，怎么会唱错呢！有学生说："老师，您唱错了吧，是中音'梭'。"

黄爷爷笑笑说："同学们啊，事情是这样的，不是你们错，也不是老师错，是有的同学不小心弄坏了黑板，影响了上课。"

黄爷爷说这话的时候，扫视着班上的学生，观察他们微妙的表情变化，发现有一个学生的神情很不自然，心中便有数了……

下课铃响了，黄爷爷说："谁愿意保护黑板？请举手！"

许多学生都举手了，黄爷爷注意到那个神情不自然的学生也举了手。黄爷爷点了他的名，另外又点了两个学生的名，说："请你们上来！"

然后，黄爷爷把沥青交给他们，让他们填好黑板上的小洞。

"同学们，他们做得很好，给他们鼓掌！"黄爷爷说。

掌声中，那个疑似弄坏黑板的学生满脸通红。

## 3. 林奎良的进步

黄爷爷跟学生谈心，总是笑呵呵的，学生们也都愿意跟他聊，他很容易就能走进学生们的内心世界。

地处边境的滩营乡中心小学，有两个学生黄爷爷颇为关注，他们是兄妹，妹妹成绩特别好，表现突出，是大队长，哥哥林奎良则恰恰相反。

林奎良是五年级的学生，平时吊儿郎当，对其他同学也是爱搭不理，不屑跟他们交流。

林奎良脑子灵光，接受能力比其他人强，但容易滋长骄傲情绪。他上课时不看黑板，侧身对着讲台，一副看不起老师、自己天下第一的神情。他在学校不听讲，回家也不做作业。老师教育他，父母责骂他，还是不起什么作用。

许多人见了他就头疼。

林奎良家在村里开了个小卖部，他母亲说：“林奎良不听话，不爱学习，等他读完初中，回家守着小卖部算了。”

2015 年开始，黄爷爷一趟又一趟去林奎良家进行家访，总共跑了十多次。

隔壁的村民看多了，不禁有些吃醋。有人说：“怎么黄老师老是跑他家，不到我家，难道他家的小孩比我们家的小孩优秀？”

刚开始，黄爷爷到林奎良家的时候，连林奎良本人都见不到，林奎良听说黄爷爷要来，早就躲到外面去了。

黄爷爷相信，林奎良的本质并不坏，他只是骄傲，认为自己比其他人聪明，所以懒得用功，只要老师发现他的优点，维护他的自尊，他定会有所转变。

对于有逆反心理的学生，黄爷爷不喜欢直接讲道理，而是喜欢用故事让学生体会道理。

黄爷爷给林奎良讲了“骄傲的将军”的故事。从前有个将军，自以为武艺高强，从此不再练武，整天吃喝玩乐，他的枪已经锈了，箭壶也变成了老鼠窝。就在他过生日这天，敌军进攻了，他手下的官兵都跑光了，敌军很快攻进城来，由于武艺不精，将军成了敌人的俘虏。黄爷爷接着对林奎良说：“学生骄傲了，不做作业，就跟将军不练武艺一样，后果不堪设想。”听完故事后，林奎良若有所思。

转眼间，林奎良读六年级了。这一年里，每次到滩营乡中心小学，黄爷爷就问：“林奎良改变了吗？改得怎么样了？”

学校少先队总辅导员黄晓华告诉黄爷爷：“您跟他谈心后，他有了很大的变化，有礼貌了，懂得感恩了。他的班主任摔伤住院了，他还用他爸爸的手机发信息问候老师呢。”

黄爷爷说：“好啊！林奎良不爱说话不要紧，你要多跟他交流，多表扬他，让他说出心里话。”

后来，班主任和总辅导员黄晓华就按照黄爷爷的方法跟林奎良接触，果然林奎良渐渐爱说话了。

黄爷爷还带领“随喊随到”的教育专家服务队，来到林奎良家的小卖部，耐心与林奎良的父母谈心，一起分析孩子的情况，指出他们教育方法存在的不足，让他们多鼓励、多帮助林奎良。

同行的防城港市妇女儿童活动中心主任陈治禄随身带着一台笔记本电脑，林奎良看着新鲜，很是喜欢，想去摆弄，又不敢。黄爷爷见此情景说：“林奎良，你那么厉害，什么东西一学就会，教你的爸爸妈妈用电脑啊！”

林奎良说：“那还不容易，电脑跟手机差不多！”

黄爷爷打开笔记本电脑，引导林奎良教父母学电脑。整个过程，林奎良一家其乐融融，还被黄爷爷用视频记录了下来。

被鼓励后的林奎良遵守学校纪律，上课认真听讲，成绩进步很快，还当上了班级的纪律管理员。

林奎良的母亲感叹：“这个学期，奎良的变化太大了，这都是黄老师的功劳。”

从爱护学生的角度出发，批评中有鼓励，批评中有温情，这是黄爷爷一贯的工作作风。学生在黄爷爷的脉脉温情中，认识了错误，改正了缺点。

黄爷爷说，过去我们对犯错的学生总是批评，可学生往往是“批评接受，思想照旧”，老师要把“教就是要训”转变为“以理服人，以情动人”。

黄爷爷真正做到了陶行知先生说的“捧着一颗心来，不带半根草去”。

# 纸做的国旗也美丽

每周一早上，各个学校就会响起雄壮的国歌，五星红旗伴着歌声冉冉升起。全体师生肃立，少先队员右手高高举过头顶，向国旗行礼。

五星红旗是中华人民共和国的标志，是祖国的象征。

防城港市防城区附城乡中心小学的一个教学点，在一个叫作八沥的山村，是一个偏远的教学点，那里靠海边，离中心校区有十几公里。

教学点规模小，人数少，只有一个年级、一个老师和六个学生。教学点设施简陋，没有升旗台，没有旗杆，也没有国旗。

黄爷爷跟教学点的老师说："升旗仪式是一种爱国主义教育，可以激发学生们的爱国之情，这里应该组织起来。"

教学点的老师也表示无奈："我们也想组织，但一来条件简陋，二来没有经费，三来这里要修路，教学点也准备要撤了，因为要搬迁，所以这里也不再进行其他建设了。"

“国旗不能少，升旗仪式也不能少，有困难我们一起来克服，一定会有办法的。”黄爷爷坚定地说。

黄爷爷跟教学点的老师说起之前成功的例子。

那良镇五联中心小学的老冯坪教学点，只有一个老师和 13 个学生，那里 30 多年没有过少先队组织。

为此，黄爷爷六上老冯坪，跟师生们打陀螺、唱山歌，渐渐熟了，就提起要建立少先队组织的事情。

没有红领巾，黄爷爷就买缝纫机自己学着做，针把手扎破了，鲜血仿佛染得红领巾更红了。

经过黄爷爷的努力，老冯坪教学点终于建起了一个少先队小队，黄爷爷教他们唱队歌、行队礼，还为他们策划队日活动，那里孩子们的快乐并不比城里的孩子少……

黄爷爷和八沥村教学点的老师商量决定，组织升旗仪式这件事还是要分三步来走。

第一步，先和学生们讲解北京天安门的升旗仪式，让他们初步了解升旗仪式，引起他们对升旗仪式的兴趣。

第二步，黄爷爷带着他们自己动手做国旗，让爱国主义教育跟手工劳动结合起来。

第三步，举行升旗仪式。

第一步开始了。教学点的老师组织课堂讨论，并和学生们说：“同学们，你们以后有机会到了北京天安门广场，一定要看看庄严的升旗仪式。”

接着，黄爷爷向学生们介绍天安门广场的升旗仪式。

天安门广场的升旗仪式分为节日升旗仪式和平日升旗仪式两种。每月 1 日、11 日、21 日及重大节日举行节日升旗仪式，节日升国旗时，军乐队现场奏国歌。升旗仪式的时间是不固定的，冬天在早上 7 点钟左右，夏天大约在早上 4 点半至 5 点这段时间。

夏日凌晨 4 点多钟，天空现出鱼肚白，天安门广场就被人们热切的期盼唤醒了，许多人会到这里观看升旗仪式。

4 点半，国旗护卫队迈着整齐的正步从长安街走来，人们屏气凝视。

这时，队列中走出两个升旗手，来到旗杆的下方挂好国旗。其中一名升旗手将五星红旗向斜上方展开，伴随着国歌声，五星红旗冉冉升起……

与五星红旗一起升起的，还有喷薄而出的朝阳。广场上的人们唱着国歌，仰望着朝阳映照的五星红旗，纷纷行注目礼。

“黄爷爷，天安门广场升旗仪式的时间为什么不固定呢？”有学生问。

“这个问题问得好！”黄爷爷说，“升旗的时间要跟太阳升起的时间同步，一年四季太阳升起的时间不同，所以升旗仪式的时间也不固定。”

“黄爷爷，为什么升旗仪式的时间要和太阳升起的时间同步？”又有学生问。

“这个问题问得更好！”黄爷爷又说，“国旗和太阳同时升起，意思就是，祖国像太阳一样，给我们带来光明和温暖，给大地万物带来生机，还代表着新的一天开始！”

黄爷爷趁热打铁，问：“同学们，我们这里条件差，还要不要挂国旗呀？”

“要，肯定要！”

“要不要组织升旗仪式呀？”

“要，一定要！”

普及升旗仪式的知识和讲解升国旗的意义，使学生们有了强烈的举行升旗仪式的愿望。

接下来，走第二步。

黄爷爷问：“同学们，城里的学校有国旗，我们这里虽然不容易，但我们也要把国旗挂起来，好不好？”

“好！”

“我们自己动手做国旗，好不好？”

“好！好！好！”

教学点的老师说：“我们今天的手工课就是做国旗。”

教学点的老师找来红纸和黄纸。黄爷爷指导学生，把红纸剪成长方形，黄纸剪成五角星。制作国旗，动脑动手，学生们兴致勃勃，积极性很高。

黄爷爷还给教学点的老师出点子，组织一个制作国旗的竞赛，看谁做得好，谁做得最好就将谁做的国旗挂在墙上。

讲解和讨论结束后，一个小女生拉着黄爷爷的衣角，不让他走。

教学点的老师说："黄爷爷要去吃饭了，你们也该吃饭休息了。"

孩子们只能恋恋不舍地说："黄爷爷再见，下次还来啊！"

黄爷爷三番五次来指导学生。学生们积极性也很高，做好了国旗，还选出了做得最好的国旗，挂在教室的墙上。

黄爷爷看到墙上挂着学生自己动手制作的国旗，特别高兴，对教学点的老师说："没钱也能办大事啊！这上面，凝聚了老师和学生们的心血和智慧。纸做的国旗虽然不如绸布的正规，但它同样是国旗，同样美丽！"

国旗有了，第二步走完了。

第三步，升旗仪式。

没有旗杆，没有升旗台，但是黄爷爷有办法。

没有旗杆就用竹竿来代替，把纸做的国旗粘在上面，没有升旗台就把国旗挂在墙上。

周一清晨，太阳从地平线上渐渐升起，五星红旗像一团炽热的火焰迎着朝阳。老师和学生们沐浴晨曦，举行庄严的升旗仪式。

"全体立正！"老师发出口令，"升旗仪式，现在开始！"

这里，没有城市学校里的鼓号队，没有大喇叭，但在黄爷爷和老师的带领下，学生们唱起了《国旗国旗真美丽》：

国旗国旗真美丽，
金星金星照大地。
我愿变朵小红云，
飞上蓝天亲亲您。
……

“出旗，敬礼！”小旗手在歌声中，肩扛竹竿纸制国旗，伴着歌声，精神抖擞地走到“升旗台”前。

“升国旗，奏国歌！”

老师和学生们齐唱《义勇军进行曲》。

小旗手把国旗挂到墙上。

少先队员们向国旗行队礼。

升旗仪式结束了，整个过程只有几分钟。虽然只有短短的几分钟，但激动人心的场景，震撼了孩子们的心灵，让他们的心情久久不能平静。

偏远地区的孩子们，也跟城市里的孩子们一样，让国歌回荡在他们的心中，让国旗跟着太阳同时升起。

# 三支队伍

位卑未敢忘忧国。黄爷爷经常通过报刊，及时领会中央和上级精神，并在具体的活动中贯彻落实。

2015 年 2 月 17 日，中共中央总书记习近平在春节团拜会上讲话强调，家庭是社会的基本细胞，是人生的第一所学校。不论时代发生多大变化，不论生活格局发生多大变化，我们都要重视家庭建设，注重家庭、注重家教、注重家风，使千千万万个家庭成为国家发展、民族进步、社会和谐的重要基点。

国家国家，有国才有家。家是最小国，国是千万家。

家风好，家道兴盛、和顺美满；家风差，殃及子孙、贻害社会。

“怎样才能做到‘家校结合’，建设良好的家教、家风呢？”黄爷爷与滩营乡中心小学的校长廖华探讨。

廖校长说：“您是这方面的专家，这个任务就交给您老人家了。”

黄爷爷又唱起了他的活动方案三部曲：调查—研

究一设计。

黄爷爷调查发现，滩散、滩营是城乡接合部，半是乡村半是店，可为耕作可为商，六成以上学生的父母外出打工，学生多是由爷爷奶奶或外公外婆带大，隔代亲、隔代教的现象十分普遍。

黄爷爷调查得出结论：大部分的隔代教育会存在许多弊端，孩子容易被惯坏，家庭依赖学校，教育容易脱节。

黄爷爷根据此情况，设计出具体方案，并付诸实施，在滩营乡中心小学创建了“三支队伍”。

第一支，“随喊随到”的专家队。它大部分由乐于奉献的在职教师和发挥余热的退休教师组成，简称专家队。专家队除了教师，也有一些老干部、老革命，例如许老，他是德高望重的退休干部，曾任县委副书记，如今已是 90 岁高龄，老当益壮，主动请缨，深入学校和学生家庭，为孩子们讲革命故事。

第二支，“教子有方”的父母榜样队。它由教子有方、育子有法的学生父母组成，简称家庭队。

第三支，“好爸好妈好孩子”的学生点赞队。它由少先队小志愿者组成，简称学生队。

专家队走村串户，为父母榜样队挖掘典型，为学生点赞队编写快板词——《乡村家乡美》，创作了《五好家庭赞美歌》，用童谣歌唱好家庭、好家风。

学校—社会—家庭，三位一体。

家圩，是黄爷爷的创新。

学校开办家圩的通知一发到各个学生家中，学生们在家里就嚷嚷开了：爸爸你去参加，妈妈你去参加，爷爷你去参加，奶奶你去参加。

圩场，以前都是买卖交易场所，如今这“三支队伍”举办的家圩，却是学生们的监护人来听讲座的地方，免费服务，场场爆满。

黄爷爷设计的家圩，有家庭教育讲座，有家教经验交流，有专家现场答疑，也有学生文艺表演，都是为群众喜闻乐见的表现形式，现场热闹非凡。

家圩正式开始之前，还会有个热场的活动。来到这里，无论是大人还是小孩，或者唱一首有关家教的歌，比如《母亲》；或者背一首关于家教的诗，比如陆游的《冬夜读书示子聿》；或者说一个关于家教的故事，比如“孟母三迁”“岳母刺字”等。

每逢家圩日，有些开店铺的家庭，生意先不做了，关了店门来听讲座。

平常为做买卖而赶圩，收获的是金钱，而参加这别开生面的家圩，收获的是宝贵的知识，是家庭的和睦，是孩子的未来。而这些，是再多的金钱也换不来的。

当时滩营乡中心小学全校学生的父母有432名，来赶家圩签到的竟有481名，有的是父母一起来的，有的是爷爷、奶奶来，有的是一家三代都来了。

家圩的规模越来越大，有时有好几十个专家摊位，上千人来赶圩，还有自治区、市里的各级领导以及各兄弟学校两百多人的观摩团。

“三支队伍”走遍了滩营乡全乡13个村屯15个学校，每场家圩活动结束，都有学生父母围着专家，认真请教，久久不肯离去。

“三支队伍”开展服务活动之后，滩营乡的许多家庭开始重视家教了，家风也有了改观。

“三支队伍”频频出动，在“学校—社会—家庭”三位一体的模式下，在家圩和家庭教育的帮助下，滩营乡社会风气好转，人们追求知识、追求品味、追求子女成才，人们崇尚道德，遵循公序良俗，蔚然成风。

村里人过去关心钱财，现在关心人才。过去村里农闲时爱玩牌或爱闲逛的父母们，现在爱参加各种亲子活动，带孩子到图书馆、科技馆去学习知识、参加活动。

更令人们没有想到的是，滩营乡中心小学学校门口那个十多年没有解决的老大难问题，竟然因为“三支队伍”轻而易举地解决了。

滩营乡中心小学门口，过去是一段坑坑洼洼的泥巴路，有些路面烂得都可以插秧了。

这里晴天灰尘扬起，雨天就更惨了，汽车一过，泥水四溅，弄得过路的师生身上脏兮兮的。过低洼路时，大家都要卷起裤脚，在泥水里深一脚浅一脚地走，狼狈不堪。

听说有个雨天，一辆载着塘角鱼的三轮车在这条路上翻了，塘角鱼在泥水里得其所哉，车主满地去抓鱼，竟然抓不回来了。

这条路连接公路，也就200多米长，要修起来其实并不难，但是因其经过一些村民的家门口，牵涉到自身的利益，谁都不愿意点头，所以没办法动工。

学校请求、政府出面、村委会劝说，十多年过去了，当地村民就是不松口，谁也不敢强行修路。

可是多场家圩讲座过后，仿佛太阳从西边出来了，村民们主动派代表向地方政府提出请求："你们赶紧把这段路修了吧！"

水泥路面修好之后，这段路取名为"家校路"。

家庭、学校、社会同心，黄土也能变成金。

如今家校路在阳光下、风雨中默默诉说着"三支队伍"的功劳。

# 留守儿童梦想成真

2013 年底，黄爷爷到山村调研，得知那梭镇那钦小学 100 多名学生中就有 50 多名留守儿童，这个数字让他大吃一惊。

于是，黄爷爷到留守儿童的家里访问，了解他们内心真实的想法。

黄爷爷问孩子们：“你们最大的心愿是什么？”

一个男孩说，他最大的心愿就是父母早一天回家，回到自己身边，假期带自己去公园玩。

一个女孩说，她最大的心愿就是晚上有爸爸妈妈的陪伴，他们能给自己讲故事。

还有一个女孩说，她最大的心愿就是在生日那天，能收到爸爸妈妈寄来的生日礼物，哪怕是一个小娃娃，一个文具盒，一支铅笔，一块橡皮擦……

黄爷爷从他们的眼神中，从他们简单的诉求中，看到他们缺少快乐，缺乏抚慰，看到与他们年龄不相符的沉默、无奈、迷惘和惆怅。

这些留守儿童的监护人，大多是爷爷奶奶、外公外婆，他们年老体弱，自己都需要别人照顾，还怎么监护这些孩子？这些老人大多文化水平不高，怎么能督促孩子做功课？怎么能辅导孩子的学习？

孩子们渴望亲情，渴望关怀，渴望陪伴，他们在睡梦中呼唤着爸爸妈妈。

留守儿童稚嫩的身心，承受了太多的生活压力，白天见不到爸爸妈妈，晚上希望梦到他们。

但留守儿童的爸爸妈妈为了生活，为了摆脱贫困，为了挣钱养家，为了孩子有一个美好的未来，他们必须走出家门，走向远方。

他们往前走是一份沉重的责任，往后看是一份缠绵的牵挂。

从小失去父母的黄爷爷，最能体会留守儿童内心的孤寂和凄凉。

他们过早地成熟，过早地懂事，过早地挑起了家庭的重担。

他们的脸上缺少同龄儿童应有的灿烂笑容，他们的手上却多了一层厚厚的老茧。

黄爷爷最担忧的，还有留守儿童的安全。

有的小学周围公路多，小孩上下学的路上很危险。还有的学生放学后自己下河游泳，曾经出过事。

于是黄爷爷创建了红旗归程队，组织学生以村为单位，早上大家一起去学校，放学一起回家，这样老师和父母都放心。

不仅如此，那钦小学离镇上有 20 多公里，黄爷爷为了零距离观察并体验留守儿童的学习和生活，陪伴了他们一整天。

黄爷爷跟他们一起在学校上课，放学后跟着一个女孩回到她位于村里的家，看到她帮爷爷奶奶洗衣做饭、喂猪喂鸡。忙完家务，吃罢晚饭，女孩才在昏暗的灯光下，开始做老师布置的家庭作业……

这就是留守儿童的一天。

一直到晚上 7 点多钟，黄爷爷才拖着疲惫的身躯坐上返程的车，回到家时，已是深夜，黄爷爷却仍选择伏案写方案。

黄爷爷的桌子上堆满了参考资料，还有几周的调查日记，他铺开稿纸，看着上面那一个个绿色的格子，仿佛是一双双留守儿童热切期待的眼睛。

在这寂静的夜里，黄爷爷手中的钢笔缓缓划动，一字字，一行行，沙沙沙的响声，像蚕宝宝吃桑叶的声音，悦耳动听。

蚕宝宝吃了桑叶，会吐出蚕丝，造福人类。此时，黄爷爷可没有想那么多，只想着早日拿出方案，营造一个可以让留守儿童在学习中玩耍、在玩耍中学习，动手动脑的快乐家园。

留守儿童的快乐家园，要拥有几个功能：成为留守儿童玩耍的乐园以及进行理想体验教育的阵地。白天学校里的一幕幕浮现在黄爷爷的眼前。

许多留守儿童课间玩泥巴，没有事情干，黄爷爷问："课余时间读点书多好，为什么要玩这脏兮兮的泥巴？"

一个学生说："我读书不行，长大了，我就跟父母去外面打工。"

山里的孩子，向往山外的世界。黄爷爷想要让他们把眼光放远一点，让他们动手动脑，让他们了解家乡山水，了解山外世界。

于是黄爷爷带着爱摄影的留守儿童，在防城港市妇女儿童活动中心主任陈治禄的陪同下，跋山涉水走遍那钦的村落山头，拍家乡美照。

他们早上 7 点出发，下午 3 点吃午餐，晚上 8 点吃晚饭，翻山越岭地调查家乡的山形、水源、种植业、养殖业等。陈主任比黄爷爷年轻几十岁，他自己都快顶不住了，就担心地问黄爷爷："黄老师，您饿不饿啊？累不累啊？"

黄爷爷却笑笑说："秀色可餐，看到美景就忘了饿。你看这么好的山水，可以搞旅游，还可以发展种植业和养殖业，大有可为啊！山里人不离乡，同样可以找到金子和尊严，累点也值得啊！"

黄爷爷一个个养殖场去看、去问：这里的香猪多长时间出栏？养猪投入的成本是多少？猪要怎么喂养，吃什么样的饲料？这里的鸡是什么品种？市场价格怎么样？主要销售到哪里？

养殖场的人见黄爷爷一而再再而三地来到这深山里，那么细心地咨询，拿着笔记本详细记录，还带着照相机进行拍摄，认定他是来考察投资项目的大老板，所以他们每次一见到黄爷爷就兴奋不已，大声招呼："哈哈，大老板又来啦！"

“来啦，又来打扰你们啦！”黄爷爷应答着，也不否认自己是个大老板。

当然，他这个“大老板”，投入的不是资金，而是心血、汗水和智慧。他这个“大老板”的投入，受益的不仅是当地的经济，而且是山村的未来。

黄爷爷经过一番扎实的调查后，在心里绘制了一张蓝图。调查工作结束之日，正是留守儿童梦想成真室的构思基本形成之时。

黄爷爷连续几个晚上挑灯夜战，为了节约纸张，他先在旧年历上画表格、列提纲，不断地删改、增添……

足足熬了几个晚上，留守儿童教育实践基地梦想成真室的建设方案出来啦！

梦想成真室的解说词，也是黄爷爷亲自撰写，是他与老师、学生们一起讨论、修改、打磨、完善的结果。

14 平方米的梦想成真室，黄爷爷设计制作了四大系列。

一是动情系列。墙面上陈列“牢记领导嘱托”题词，这里是入队教育的阵地。这里还有“感受关爱心语”的日记，后来很多学生在此留言寄语。

二是动眼系列。主要是“我爱美丽家乡”的照片和“我与好书有约”的书架。

三是动心系列。该系列有“圆梦家乡山水”的沙盘和“乐享山外世界”的模型，这里后来成为历届毕业生感恩母校的视窗。

四是动手系列。这里是“动手动脑有我”的制作区域和“活动体验展示”的展示区域，是学生们自己动手制作玩具的地方，也是大家相互切磋、比试手艺的小擂台。

动手系列又分为八大板块，这八大板块体现了黄爷爷的立体式设计，有的台上摆，有的空中挂，有的墙上贴。

2014 年 6 月，那钦小学留守儿童教育实践基地梦想成真室开室。

在梦想成真室里，孩子们可以读书、画画、做弓箭、造滑轮车、制木头刀枪，可以欣赏家乡的山水之美，可以了解家乡的经济发展，可以畅想山外的世界……

那钦小学的梦想成真室，成了留守儿童课余时间的首选之处。

这里是他们可爱的家，在这里，什么孤独、迷惘、凄凉、忧郁都像老鼠见了猫一样，全都跑光啦！

梦想成真室，愉悦了留守儿童，教育了留守儿童，滋养了留守儿童，伴随他们成长。

毕业生黄华娟在沙盘上的留言是：你的梦，我的梦，梦梦不同。读中学，读大学，人人用功。你参工，我务农，行行有用。你不忘，我不忘，回乡圆梦。

不仅如此，在“动手动脑有我”的制作区域，留守儿童自制玩具已达300多件。

留守儿童黄泽骏，以前总是调皮捣蛋不听话，他爷爷经常打骂他，导致他有逆反心理，贪玩厌学，读到小学五年级了，他却连加减法都不懂。他参加“动手动脑有我”的制作活动，在制作玩具比赛中，做了一把精致的木剑，还与同学合作制作了滑轮车。制作活动给了黄泽骏很大的鼓舞，从此，他的学习兴趣大增，重拾了自信。

那钦小学是山坡上的学校。据校长刘云忠介绍，在黄爷爷帮忙创建了梦想成真室之后，那钦小学发生了很大变化，现在校容整洁，学生精神昂扬，文明守纪，学校少先队也被评为先进单位。

梦想成真室仅仅建成三年，就为留守儿童开展各种活动100多场次，参与的人次上万。

许多外出打工的家长慕名而来，走进这梦想成真室，跟孩子一起玩了之后表示，孩子在这里开心又安全，他们在外打工也就放心了。

关爱留守儿童的梦想成真室开室之后，接待了来自全国各地的团体、各级领导、老师和家长来参观学习，《中国少年报》《成长》《光明日报》《中国妇女报》等多家媒体也对梦想成真室进行了报道。

其中，关爱留守儿童梦想成真室举办的“让梦从这里升起”活动被评为全国“双有”活动优秀案例……

为了推广拓展梦想成真室，黄爷爷和陈治禄主任一道，将室内的书籍、玩具、模型带到周边瑶族教学点、偏僻村屯、单亲家庭、留守儿童家里去一一展示。

他们背着玩具爬到山上的马蹄村教学点，走进只有 12 个学生和 1 个老师的竹窝瑶族教学点……小朋友们排队轮流玩玩具，那场面像节假日游园一样。

黄爷爷到了哪里，哪里就是“梦想成真室”。

黄爷爷曾在山东威海的关注留守儿童交流会上说：

山里的孩子，想看山外的世界。你看不到，我让你看到。在梦想成真室里，空中有飞机，陆地有动车，海上有军舰，他们看不到的，这里都有。

孩子们从小爱祖国、爱家乡，他们长大了，就会回报祖国、回报家乡。我的想法是，不管他们将来做什么，都应该回到自己的家乡看看，可以回到这里搞养殖，或者投资旅游，再或者每个毕业班回来搞个活动。

梦想成真室，建有目的，用得充分。我就想和孩子们在一起，我多活一天就多为他们做一点事，和他们一起圆梦……

# 薪火相传

## 1. 黄爷爷与陈治禄

陈治禄毕业于钦州民族师范学校（今为北部湾大学），与黄爷爷也算是校友，黄爷爷是初师，陈治禄是中师。“孩子王”黄永腾的名字如雷贯耳，陈治禄仰慕已久，恨不能早日相见。

直到师范毕业的那一天，学校请来了往届毕业的优秀校友来和毕业生互动，陈治禄才见到黄爷爷的真容。

见面会上，黄爷爷跟毕业生们谈了从教几十年的心得体会。

他谈到，教师是职业，教育是事业，做教师、从事教育事业是崇高的，也是幸福而快乐的。

他说，师德是教师的灵魂，教书育人需要感情、时间、精力乃至全部心血的付出，只有热爱教育事业才会甘愿付出。

他强调，教师要爱学生，尊重学生人格，维护学生的自尊心，教师应多与学生谈心交流，做学生的知心朋友。

陈治禄毕业后，被分配到乡镇里的一所小学当老师，他毫不犹豫地选择了辅导员工作，从此与时任防城二小副校长的黄爷爷有了工作上的交集。

1993 年，黄爷爷给防城马路镇的少先队辅导员培训班上课。陈治禄说，这是他有生以来，听得最过瘾的一节课。

黄爷爷介绍他自己设计的活动，从“同乐”“图书箱”到“三八节给男老师送围裙”……在陈治禄看来，黄爷爷设计少先队活动时，能想得奇妙、想得宽广、想得灵活。

黄爷爷提出，少先队活动要有教育性、自主性、趣味性、实践性、组织性、创造性，这句话深深地印入陈治禄的脑海中。

1996 年，陈治禄被调入防城二小，协助黄爷爷分管少先队工作。

黄爷爷觉得少先队的工作，应该像大江流水一浪一浪向前推进，像少先队的火炬一代一代往下传递。所以他对年轻的教师，特别是少先队辅导员十分上心，悉心传帮带。

有段时间，黄爷爷见陈治禄情绪有些低落，打不起精神来，就关切地问他有什么不顺心的事情。

陈治禄向黄爷爷吐露心声，他说自己辛苦的付出，常常得不到应有的回报，难免有些愤愤不平，有些心灰意冷。

黄爷爷跟他推心置腹地谈起自己的过往。他说当年自己辛辛苦苦组建文艺队，文艺节目赢得了掌声和赞誉，而他却被赶下台，而且由于他的家庭出身，他受到过太多的歧视，还有好多不堪回首的伤心事。但他从不自暴自弃，他相信未来，相信那个紧锁着他的名单的抽屉，迟早会被砸开。

黄爷爷跟陈治禄说，有太阳就会有阴影，有白天就会有黑夜，有快乐就会有痛苦，不公平的事情哪里都会有。心态很重要，不公平的事，你不把它当回事，它就不是个事儿了。

他还跟陈治禄讲“扫阳光”的故事。

从前有兄弟二人，由于卧室的窗户整天关着，屋内阴暗潮湿。兄弟俩看见外面阳光灿烂，就想把外面的阳光扫进来。于是，他们拿着扫帚和簸箕，到阳台上去扫阳光。

他们扫啊扫，屋内还是一点阳光都没有。他们的妈妈看见了他们奇怪的举动，便问他们做什么。得知他们要扫阳光进屋时，妈妈笑着告诉他们，只要把窗户打开，阳光自然会进来，何必去扫呢？

计较少，愉快就多；抱怨少，舒心就多；心胸广，阳光就多。

听了黄爷爷的话后，陈治禄释然了。他对自己说："黄副校长遭遇不公平的事情还少吗？他消极了吗？心灰意冷了吗？自己这点微不足道的委屈，就让它烟消云散吧。"

谁的人生不沧桑，谁的青春不迷茫？

心中有阳光，就不在乎天空的阴霾；敞开心扉，阳光自然会进来。

在黄爷爷的身上，陈治禄看到的是一个人民教师的无私奉献，一个共产党人的初心。陈治禄心想：要是我的教师之路能像黄副校长那样，此生无憾矣！

2012 年，陈治禄被调到防城港市妇女儿童活动中心任主任。

防城港市妇女儿童活动中心成立之初，来自不同地方、不同职业的几个同事凑在一起，商量怎么样才能做好工作，怎么样才能更好地为妇女儿童服务。

但新班子讨论来讨论去，仍没有头绪。

议而不决的时候，大伙觉得"借脑"才行，得找一个这方面的专家当顾问。

找谁来当顾问呢？他们异口同声地说出了一个人的名字，那就是当地大名鼎鼎的"游戏王""活动王""孩子王"黄永腾。

"他身体能行吗？"

"他太忙了，有时间吗？有精力吗？"

"是啊，黄老师虽然退休了，但他心里还时刻想着孩子们，现在他担任防城港市少先队工作总顾问，为多所学校做志愿辅导员，还参加'五老'宣讲团、'老少结对，关爱服务'等活动，一位年过七旬的老人，我们忍心吗？他的身体受得住吗？"

大伙儿一番商议后，决定暂时不用"顾问"的名头，以免给黄爷爷过多压力，而是先去他家拜访，探探他的口风，听听他的想法。

黄爷爷见他们来访，就猜出了来意，看他们吞吞吐吐，欲言又止的样子，就说："哎呀，大好事啊，跟孩子们在一起，搞少先队活动，我求之不得！"

黄爷爷欣然接受了邀请，2013 年开始担任防城港市妇女儿童活动中心的顾问。

陈治禄本想让黄爷爷出些点子，发挥余热就行了，想不到，为了使工作尽快走上轨道，黄爷爷深入基层调研，翻阅资料，培训辅导员老师，设计活动方案，跟在职人员一样上心。

到山村去，到偏远的小学去，服务那里的少年儿童，解决实际问题，是黄爷爷的工作重点。

有时，陈治禄见黄爷爷确实太辛苦了，就决定第二天下乡不叫黄爷爷去了。

没承想，常常是出发前一天晚上，黄爷爷就打电话过来问："什么时候出发啊？"

黄爷爷做事追求完美，不到十分满意，绝不罢手，大家都说他是"完美主义者"。有时一个方案做出来，大家都觉得已经很好了，他仍不满意，继续斟酌修改。

黄爷爷常常在陈治禄每天上班的第一分钟和晚上的 11 点钟这两个时间点打电话给陈治禄。电话开头往往是这样的："治禄，今天又有新突破，我想这样做效果更好……"

2012 年，防城港市委组织宣讲团宣讲"港城精神"，黄爷爷就是其中成员。

他为了准备"港城精神大家谈"的演讲稿，拿着记录本，像记者那样四处采访，先后访问了 107 个人，记录了十多本工作日记。

黄爷爷随机问过老师、村干部、商贩、服务员、建筑工人等，问他们港城精神是什么。

若是对方回答不出，他就热情地告知对方"港城精神"是：敬海、敬山、敬人，开放、开明、开拓。

黄爷爷同陈治禄说，现在做文章的人太多，做调查的人太少。扎实调查，才有扎实的学问；一流的调查，才有一流的学问。只有掌握第一手材料，才能为设计方案提供可靠的依据。

陈治禄每次跟黄爷爷下乡调研，总看到黄爷爷手上拿着书、报刊等，黄爷爷时常在上面写写画画、涂涂改改，还会在笔记本上及时记下思考的点点滴滴。

过去，陈治禄总以为黄爷爷天资聪慧，接触多了，才知道黄爷爷的勤奋异乎寻常。

黄爷爷总是说，自己读书太少，做得太少，退休不能休，退休也不能退学，可见黄爷爷是人老心不老。

黄爷爷设计并带领学生开展各种教育活动达 600 多个，其中 80 多个活动获得全国大奖，他本人也多次受到党和国家领导人的接见。

陈治禄长期跟在黄爷爷身边，却从未听黄爷爷提起过自己得到的那些荣誉，他一遍又一遍地对陈治禄说："治禄，多一个荣誉，就多一份责任。"

黄爷爷点子多，邀请他辅导、讲课、培训的也多，同一个内容他总能讲出新的花样，总能让活动起到不同凡响的效果。

俗话说得好，近朱者赤，近墨者黑。与勤奋的人为伍，你就不会懒惰；与积极进取的人为伍，你就不会消极；与智慧的人为伍，你就不会愚昧；与杰出优秀的人为伍，你就不会庸庸碌碌。

陈治禄与被誉为"游戏王""活动王"的黄爷爷长期在一起，自己也变得优秀起来，防城港市妇女儿童活动中心也在短短的几年之内，声名鹊起。

在全国"心中有祖国、心中有他人"即"双有"活动之"童鞋奔跑，结伴同行"爱心集结行动中，陈治禄利用这个活动平台，把关爱留守儿童的案例推向全国。他连续两年募捐到了 3 万多元的爱心款，都汇到了中国下一代教育基金会指定账户，为全国贫困学生购买爱心童鞋，温暖他们的上学路。

2017 年，中国下一代教育基金会已回馈 500 双爱心童鞋给防城港市，爱心童鞋已经穿在了贫困学生的脚上。

2018 年 5 月 19 日，防城港市妇女儿童活动中心被评为"双有"活动的优秀组织单位，陈治禄代表防城港市参与"双有"活动的 29 所学校的 5000 多名师生，在山西太原的现场会上，接受中国儿童中心和中国下一代教育基金会的褒奖。

2018年，中国下一代教育基金会继续回馈600双爱心童鞋，作为对防城港市爱心集结活动的鼓励。这600双爱心童鞋，继续陪伴边境山区的贫困学生踏上求学之路。

防城港市妇女儿童活动中心成立仅几年，却已办得风生水起，成绩斐然，为什么？就是因为他们背后默默站着黄爷爷等退休教师专家团队。

黄爷爷的言传身教，让陈治禄学会了坚守，学会了创新，学会了专注和坚韧。

陈治禄遇上了黄爷爷是幸运的，黄爷爷像父亲一样关心着他，不仅在专业上传帮带，还在思想上引领他前进。

陈治禄说："感谢黄老师，黄老师永远都是我的榜样，是我一辈子的恩师！"

## 2. 黄爷爷与黄晓华

苏联作家高尔基的小说《丹柯》，讲述了一个古老部族被敌人侵略后，一位领导者丹柯带领大家摆脱困境的故事。故事中，丹柯掏出了自己一颗燃烧的心，为人们照亮了前进的路，一直把族人带出了森林，走向了光明。

从某种意义上说，黄爷爷就是那个掏出自己的心来照路的丹柯。他掏出心来，去偏远山村调查，收集信息；策划活动方案，辅导青年教师；开讲座，关爱学生，引领他们走向更好的未来……

与黄爷爷在一起，会感受到阳光般的温暖。

黄爷爷常到各地开讲座，培训基层辅导员，但他约法三章，绝对做到"三不"：不保留，不怕苦，不要钱。

从退休到现在，据不完全统计，黄爷爷为年轻教师辅导培训500多场次，培训年轻教师300多名。黄爷爷还应邀到南宁、桂林、北海等地给少先队辅导员开讲座。

策划少先队活动是黄爷爷的拿手好戏，辅导员们都愿意去找黄爷爷商量活动方案，上门请教的辅导员络绎不绝。

2010 年的“祖国发展我成长”主题活动，辅导员们请他修改的活动方案、案例就达 200 多份。

滩营乡中心小学少先队的总辅导员黄晓华老师，是黄爷爷一手带出来的。

黄晓华于 2012 年 9 月任该校少先队总辅导员，黄爷爷是她的启蒙老师。

刚开始的时候，黄晓华心里一点底都没有，她怕自己做不好少先队工作，就去请教经验丰富的黄爷爷。

黄爷爷跟她说：“放开手脚大胆干，有什么难题我们一起解决！”

有了黄爷爷这句话，黄晓华就有了底气。

开始的时候，黄晓华每写好一个少先队活动方案初稿，就送给黄爷爷，让他指点修改。

黄爷爷每次拿到黄晓华的方案初稿，都会修改稿件，精心打磨，改好之后送回时，方案初稿已经面目全非，有的活动方案会改四五稿，每一稿都有进一步的完善。

黄晓华每次到黄爷爷家里请教问题，看到黄爷爷都不闲着，家里简直成了办公室和辅导站。全区那么多个乡镇，那么多个学校，很多学校老师开展活动都去找他帮忙修改活动方案，少工委各个部门有事也经常去找他帮忙出点子，他每次都不厌其烦，很耐心地解答。

每次黄晓华拿着一大沓活动方案去黄爷爷家请他帮审时，心里都很矛盾，不交给他吧，又怕做不好，交给他吧，又怕他忙不过来。

黄晓华往往是前一天把方案交到黄爷爷手里，第二天便应约去他家拿修改好的方案，每次看到黄爷爷很憔悴的样子，黄晓华心里都愧疚极了。

黄晓华听黄爷爷的女儿说，黄爷爷只要能动，他就拼命干，不让他干他就觉得难受；只要一谈到少先队工作，他就笑逐颜开。

黄爷爷无法用电脑，电脑会对他的身体有影响，他写稿及改稿都是手写，然后用另外一份稿纸誊抄，传统的“手工操作”，工作量之大可想而知。

有一次，黄爷爷的老伴刘福珍偷偷告诉黄晓华，黄爷爷晚上改稿到半夜才睡，劝他早点休息，他却说，事情没有做完，睡不着的。

黄晓华接过修改好的方案，说：“黄老师，真不好意思，您受累了！”

“不要这么说，少先队活动是我的分内的事。”说罢，黄爷爷话题一转，叮嘱道，“搞个方案不容易，有了方案就要去做，去落实，去执行，不能摆样子，方案不是为了拿奖或者评比的。每个活动方案，都要落实，整个活动过程，包括开端、发展、结果，都要做好记录。”

一天，学校少先队搞说课活动，黄晓华事先给黄爷爷打电话请他来指导，黄爷爷满口答应了。

黄晓华从声音里听出来黄爷爷感冒了，十分担心他的身体，但黄爷爷第二天上午 9 点钟准时出现在学校，指导准备参加说课比赛的老师到中午 1 点多。然后黄爷爷又从滩营乡中心小学赶去另外一个乡镇——那梭镇的那梭中心小学，该校教师也要参加说课比赛，同样邀请黄爷爷前去指导。

那天黄爷爷连中午饭都没有吃，就从滩营乡赶往那梭镇了。到了那里，他说话的声音都嘶哑了。

不仅如此，黄爷爷还帮助黄晓华对滩营乡中心小学的教室进行策划设计。教室墙上的“善从口出”专栏，贴着少先队员们提出的意见，有对学校发展提具体建议的，有对哪个老师提出什么看法的，有反映学校厕所灯光问题的，等等，都在栏目里贴了出来，校长看了这些意见，将这些事情一一解决或改善。

只要学校开展少先队活动，黄爷爷总是打电话来问：“搞得怎么样了？有什么问题吗？”

黄晓华总是坚定地对黄爷爷说：“黄老师坐镇，没有问题！”

有次，黄晓华召集少先队员跟黄爷爷谈心。黄爷爷问他们：“你们长大了要干什么呀？”

一个小女孩回答说：“我长大了要当共产党员。”

黄爷爷对黄晓华说：“好啊！你们的活动开展很有成效嘛，孩子们幼小的心灵里就有了共产党的形象了。”

## 3. 黄爷爷与女儿黄珊珊

黄爷爷的女儿黄珊珊长大了，听了爸爸的话，读桂林师范高等专科学校汉语言文学教育专业，后来又读了专科升本科。

黄珊珊在桂林读书时，爸爸每个星期都打四五次电话来，对她各个方面进行指导，比如怎么消化教材，如何把课本中的知识讲得通俗易懂，如何让学生将知识点记得住、记得牢。

爸爸还要求女儿多参加学校的一些社团活动，多参加社会实践，多出去，多交流，锻炼自己的能力，提升自己的综合素质。以后做教师，应变能力、表达能力、组织能力等，都是极为重要的。

女儿很听话，参加了学校的话剧团，做了青年志愿者。

几乎每天一到吃完晚饭这个时间点，爸爸的电话就来了。

爸爸与女儿，一聊就是半个小时。女儿有什么苦恼，都向爸爸倾诉。

她的同学在一旁听他们“煲电话粥”，羡慕得不得了，说：“你们父女像老朋友一样，有说不完的心里话，你有这样的爸爸，真是太幸福了。”

2008 年，黄珊珊快毕业了，到哪就业，何去何从，成了她举棋不定的艰难抉择。

黄珊珊有个学姐，原来是学生会主席，毕业之后去了广州，在那干得风生水起，做了总经理。学姐来电说，如果有哪个学妹想去广州发展，她乐意为学妹们提供机会。

发达城市对年轻人诱惑力很大，加上学姐在那里，有了人脉，那里机会较多，发展空间大。黄珊珊有些心动了，一时半会儿拿不定主意，只好向爸爸请教，听听他的建议。

她在电话里问爸爸该怎么办，电话那头，爸爸一直没有吭声。女儿急着追问：“我该不该去呀？您给个话。”

半晌，爸爸才一字一顿地说：“你仔细考虑考虑，你读师范专业这么多年，公费生每年都会得到国家的补贴，国家培养你，你却选择从事非师范行业，学非所用，是不是浪费了所学的专业？”

这回，轮到女儿不出声了，她在聆听，在思考。

爸爸继续说：“当然，你有选择工作的自由，我也没有强迫你的意思，我的意见仅供你参考，我觉得还是做老师好，我希望你毕业后回到家乡，为家乡的教育事业出一份力。”

女儿权衡再三，认为于情于理，都应该按照爸爸说的去做，于是放弃了去广州的机会，毅然回到了家乡。

2016年，在爸爸的鼓励下，黄珊珊考进了教师队伍，成为防城区十万山瑶族乡中心小学的一名教师。

黄爷爷的女儿，如今成了小黄老师，女承父业，在山区小学任教。

黄爷爷告诉女儿关于当老师的学问：流行的说法是，给学生一瓢水，老师要有一桶水，其实，一桶水对于一个老师来说是远远不够的，三下两下就舀光了。老师的知识应该像瀑布一样，源源不断、永不枯竭地输送给学生，而且瀑布的落差一定要大，落差越大，冲击力就越强。所以，老师要给学生一瓢水，自己就要成为瀑布，要使自己成为瀑布，就得不断学习。

教学是一门科学，也是一门艺术。教学不是挖土方，光卖力是不够的，还得学习、学习、再学习……

黄珊珊在学校教了一个最难教的班，她是包班教学，除了教数学课和体育课，其他课程她也要教。50个学生，开始的时候很多学生上课根本不听讲，课堂秩序一团糟。

黄珊珊十分苦恼，如何融入学生之中，如何让他们上课听讲呢？

爸爸是过来人，在他教学生涯中的最初阶段，也是最难的阶段，在那垌小学也遇到过类似的烦恼，甚至比她的境遇更糟。

爸爸手中有粮，女儿心中不慌。

爸爸对女儿说：“开始都这样，慢慢来改变，你要爱学生。千头万绪，首先爱学生，有了爱心，你就有了耐心和恒心。你可以先跟他们交朋友，多搞些活动，在活动中加深师生感情，在活动中改变现状。”

女儿听从了爸爸的建议，下课跟学生们踢毽子、打乒乓球，同学们乐坏了："哎呀，小黄老师你真好，以前都没有老师下课跟我们一起玩的。"

黄爷爷去女儿所在的学校调查发现，有个女学生因为反应比较迟缓，同学们常拿她开玩笑，黄爷爷提醒道："珊珊，你在那里，要留意关心这个学生，你千万不要训她。"

黄珊珊每次看到这个女学生时，都发现她在班上很孤单。同学们嫌弃她，要么不跟她说话，要么就是取笑她。

黄珊珊见此情况，在一次学生排队时，特意夸赞那个女学生遵守纪律，动作快，让同学们对她刮目相看。

黄爷爷还帮女儿设计了一个游园活动——争做"有理想，有追求，有担当，有作为，有品质，有修养"的"六有"少年。

游园活动中，那个女学生得到了作为奖励的糖果，她自己舍不得吃，说要留给黄爷爷吃，因为黄爷爷对她特别好。

人与人的关系，说来也并不复杂，你对别人好，别人也会对你好。

人心换人心，黄土变成金。就这么简单。

教育心理学上有一个名词叫"皮格马利翁效应"，也叫"期待效应"。说的是远古时候，塞浦路斯国王皮格马利翁喜爱雕塑。一天，他成功塑造了一个美女的雕像，并深深爱上了它，不仅给它穿上美丽的长袍，还拥抱它、亲吻它，真诚期望拥有如它一般的妻子。皮格马利翁的真诚打动了女神，女神决定帮他。等皮格马利翁再次回到家深深凝望雕像时，雕像竟然活了，并成了他的妻子。

"皮克马利翁效应"的意思是说，期望和赞美能产生奇迹。同理，老师期待某些学生会出现好的行为时，这些学生往往会展露出老师所预言的才华。

那个反应比较迟缓的女学生在两个黄老师的关爱中，渐渐转变了，反应更敏捷了，也能自己动手做玩具了，师生感情日益加深。

在黄珊珊的激励教学法下，现在这个班进步很快，学生们上课的纪律都很好，师生之间关系融洽，以前那些对老师漠不关心的学生，也开始关心起老师来。

有次黄珊珊患了感冒，学生关心她，做卡片送给她，上面写着“祝老师早日康复”的祝福语。

班上的瑶族学生过瑶王节时，还把家里的美食拿来给黄珊珊吃，与老师分享节日的喜庆和快乐。

为了让山区的孩子们开阔眼界，黄爷爷设计了一个“喜迎十九大，向习爷爷说句心里话”的活动。他不仅找出了300多张习近平主席和少先队员在一起的照片，还自己掏钱将这些照片打印出来，让女儿黄珊珊拿到学校去分发。

这些照片，每张都有一个故事，黄珊珊就给学生讲习近平主席与少先队员的故事。活动结束后，这些照片就送给学生，学生都争着要，活动效果特别好。

如今，黄珊珊也如黄爷爷一样，服务山区教育事业，成为一名受学生爱戴的老师。

女儿的人生剧本，是爸爸的续集。

父女情深。女儿在《长大后，我就成了你》一文中写道：“爸爸，女儿真的长大了，长大后，我想成为你。爸爸，我长这么大，没有跟你说过这么多的话，今天在这里，我有句心里话要对你说，爸爸，我一定要像你那样，成为一名共产党员，为边疆的教育事业贡献自己的一生！你是我的爸爸，更是我的老师！”

黄爷爷如同一棵老榕树
春天一到
它又长满了一片新绿
老榕树眼看着这些气根
渐渐长大成了新的树干

睡梦中
黄爷爷依稀梦见
自己变成了一棵榕树
脚变成了榕树的根
深深扎进泥土里
浓密的头发变成了枝繁叶茂的树冠
身子变成了树干
手变成了树枝
汗毛变成了气根

他仿佛听到气根的喃喃絮语
那声音柔弱，却坚强……

# 结束语

有一首儿童歌曲《种太阳》唱道：

我有一个美丽的愿望
长大以后能播种太阳
播种一个
一个就够了
会结出许多的许多的太阳
……
到那个时候
世界每一个角落
都会变得
都会变得温暖又明亮

黄爷爷就是在孩子们心中播种太阳的人，他把温暖的太阳种在了孩子们的心田。

太阳每天都是新的，它散发着光和热，大爱无言！

风起了，云落了，边境山区的榕树绿了一年又一年。

如今，黄爷爷从少年走向了老年，从朝阳走向了夕阳。

朝阳与夕阳，它们各有各的绚丽和辉煌。

让我们为朝阳点赞，因为朝阳和夕阳属于同一个太阳。

让我们为夕阳祝福，因为每个人都会从朝阳走向夕阳。